KEITAI
SHOUSETSU
BUNKO

SINCE 2009

どうして私を選んだの？

bi-ko ☆

Starts Publishing Corporation

ねぇ、遥斗くん……。

私はあなたと出会って、
"ひと目ボレ"って本当にあるんだと知りました。

「好きですっ！　私と付き合ってくれませんか？」
「……あぁ。いいよ」

告白をしてOKをもらえた時、
想いが通じあえたと思って、すごくうれしかった。

だけど……、
あなたが他の女の子と一緒にいる姿を
見かけるたびに思うんだ。

なんであの時、私を選んだの？
私は本当に……あなたの彼女ですか？
……って。

☆ contents

プロローグ

過去　　　　　　　　　　8

第1章＊浮気性彼氏

彼女の役割　　　　　　　16
ケーキバイキング　　　　21
文化祭での人魚姫　　　　32
偽りの王子様　　　　　　43
大切な人　　　　　　　　56
突然の告白　　　　　　　60

第2章＊動きだした想い

空き教室での出来事　　　72
勝負と条件　　　　　　　78
クラスマッチ　　　　　　85
サッカー対決!?　　　　　91
告白　　　　　　　　　101
揺れる心　　　　　　　106
伝えたい言葉　　　　　114
涙のその先に　　　　　119

第3章＊見えない絆

ライバル登場!?	124
ウワサと告白	138
意外な女	149
カラオケ	158
大会と恋心	162
すれちがう心	171
不器用なふたり	180
あふれだす気持ち	189

エピローグ

それぞれの進む道	202

番外編＊Side love story

湊と乃愛の場合。	208

文庫限定番外編＊Special after story

学園祭デート	226
涙の卒業式	249

あとがき	264

プロローグ

過去

　あれは、今から１年半前。
　桜の花びらがヒラヒラ舞う季節。
　私が高校に入学したばかりの時だった。
　あの日、私は遥斗くんに出会ったんだよ？
　遥斗くんと出会った日のこと……私は、忘れてないよ……。

『ねぇ、知ってる？　バスケ部に超カッコいい人がいるんだって!!』
『マジ？　見に行こうよ！』
　そんな話で盛りあがっているクラスの女子たちの声が、私の耳に入ってきた。
　……バスケ部のカッコいい人……？
　いつもは、そんな話には興味を示さない私。
　……だけど、その日はちがったんだ。
『あ、よかったら桜庭さんも一緒に見に行かない？』
　……え？
　なぜか突然、その子たちが私を誘ってきた。
　私は、ポカンとした表情で彼女たちを見つめる。
　正直、私は極度の人見知りで、高校に入って２週間が経とうとしているこの頃も、なかなかクラスの女子の輪に入れないでいた。
　そんな中での、まさかのお誘い。

カッコいい男の子には、興味はないけど……。
　もしかしたら、これをきっかけに仲よくなれるかもしれない。
『い、行きます!!』
　そう考えた私は、勢いよく立ちあがると、彼女たちのあとに続いて歩きだす。
　このことが後の、私の運命を大きく変える出来事になるとも気づかずに……。

　──ザワザワ。
　バスケ部が練習しているはずの体育館へ向かうと、入り口付近はたくさんの女の子たちで埋めつくされていた。
　どうやらみんな、ウワサのカッコいい男の子を見に来たようだ。
　すっごい人気……。
『……ウワサは本物みたいね？』
『超楽しみ!!』
　私を誘ってくれた女の子たちも、期待に胸を膨らませている様子。
　……私、場ちがいかも……。
　そう思うと、ため息をつかずにはいられなかった。
　その時。
『『キャー!!　キャー!!』』
　耳をつんざくような女の子たちの黄色い叫び声が聞こえてくる。

お目当ての男子がバスケ部の部室から出てきたようで、みんな部室から体育館に向かう道を空け、注目している。
『来たみたい！』
『うわっ!!　マジ、レベル高いよ!!』
　クラスの子たちのそんな声が耳に入ってきた。
　けど……。
　……み、見えない。
　身長155センチの私にとって、これだけの女子の壁(かべ)があればなにも見えないのは当然。
　背伸(せの)びしたって見えやしない。
　こういう時って、本当に自分の背の低さがイヤになる。
『ほら、桜庭さん、こっちから見えるよ！』
　そんな私に声をかけてくれたのは、私を誘ってくれた女の子のひとり、南亜衣子(みなみあいこ)ちゃん。
　色白で、スラッとしたモデル体型。
　髪(かみ)は肩(かた)より少し長い、きれいなストレート。
　女の私も憧(あこが)れてしまうくらいの美人さんだ。
『南さん、あ、ありがとう』
　思わず感動してそう言うと、南さんはニコッと笑って、
『亜衣子でいーよ？　私も桜庭さんのこと優芽(ゆめ)って呼ぶからさ』
　と言ってくれたんだ。
『あ、亜衣子ちゃん……』
　やっと、やっとできた高校での初めての女友達。
　そのことが本当にうれしくて……すっかりここに来た当

初の目的を忘れていた私。
『ゆ、優芽！　見て！　あの人だよっ！』
　突然、亜衣子ちゃんにバシバシと背中をたたかれ、私はハッとして顔をあげた。
『……っ』
　そこを歩いていたのは……。
　きれいなサラサラの茶色っぽい髪。
　目は、スッとした切れ長の二重。
　背だってかなり高い。
　……カッコいい……。
　まるで、時が止まったように感じた。
　これが、私と遥斗くんの出会い。
　最初に好きになったのは私。
　いわゆる、ひと目ボレだった。
『……ヤバッ、超カッコいいじゃん!?』
　そう言った亜衣子ちゃんを見ると、興奮したように顔を紅潮させている。
　私も、ドキドキがなかなか収まってくれなくて……。
　彼がスタスタと私たちの前を歩き去ってしまったあとも、鼓動は休まらなかった。
『あ、亜衣子ちゃん、あの人……名前なんていうの？』
　気づけば、ギュッと亜衣子ちゃんの制服のシャツを握りしめ、そうたずねていた。
　最初、驚いたような表情を浮かべていた亜衣子ちゃんだったけど、すぐにニヤリと楽しそうな笑みを浮かべてこ

う言ったんだ。
『え？　……たしか、北川遥斗くん、１年３組だよ』
　って。
『……北川遥斗くん……』
　ポツリとそうつぶやくと、
『優芽……北川くんのこと好きになったんでしょ？』
　と、私をからかう亜衣子ちゃん。
　でも、本当のことだから私はなにも言えなくて……ただ顔をまっ赤にさせてうつむくしかなかった。
　そう、私はこの時点で、もう彼のことを好きになってしまっていたんだ。
　ひと目見ただけなのに……。
　でも、ありえないくらいドキドキして、自分でも認めざるをえなかった。
　すると。
『亜衣子～、桜庭ちゃん、そろそろ教室戻ろ？』
　もうひとり、私を誘ってくれた成田彩ちゃんが、私と亜衣子ちゃんを手招きする姿が目に入った。
『あれ？　彩は、北川遥斗にあんまり興味なかったの？』
　亜衣子ちゃんのその問いに、
『うん、私は彼氏が一番だし。えへへ』
　と、幸せそうに言う彩ちゃん。
　なんだかうらやましい。
『さっきまであんなに騒いでたくせに～』
『そうだけど、北川くんは観賞で十分』

『まぁ、たしかにあれだけカッコいいとライバルも多そうだし、競争も大変そうだわね』
　亜衣子ちゃんは、そう言ってちらりと私を見る。
『だよね？』
　彩ちゃんは亜衣子ちゃんの言葉にうんうん、とうなずいていた。
　たしかにふたりの言うとおり、ライバルなんかごまんといるだろう。
　でも、遥斗くんを見た瞬間(しゅんかん)に感じたこの気持ちは、簡単に消せそうにない。
『……で、優芽はどうするの？　好きになっちゃったんでしょ？　北川遥斗を』
　ドクン。
　亜衣子ちゃんの問いかけに、心臓が高鳴るのを感じた。
『……って、え!?　桜庭ちゃん、北川遥斗にマジなの？』
　彩ちゃんも驚いたように目を丸くして私を見ている。
『……え……と、あ、あの……』
　私はまっ赤になりながらも、ふたりを見つめてこう言ったんだ。
『……好きになっちゃったみたい……です……』
　と。
『キャー!!　マジで!?　私、応援(おうえん)するよ!!　桜庭ちゃん、じゃなくて、優芽！　あ、私のことは、彩でいいよ』
『あ、ありがとう……』
　興奮気味にまくしたてる彩ちゃんに、私は苦笑いを浮か

べながらも、お礼を言う。
『よっしゃ！　私も優芽の恋を応援するよ!!　せっかく友達になったんだし、ね？』
　亜衣子ちゃんもそう言って、微笑(ほほえ)んでくれた。
　そんなふたりに私は、
『……ありがとう、私、がんばってみる！』
　と言って笑みを浮かべた。

　そして、そのわずか１ヶ月後……。
　私は、念願だった遥斗くんの彼女になれたんだ。
　けど、彼女なんて……遥斗くんにとっては、いてもいなくてもいい存在だったのかもしれない。
　今、私はそのことを痛感している。

第1章
浮気性彼氏

彼女の役割

【優芽 side】
「遥斗くんっ！　今日、部活休みでしょ？　だったら、私と遊ばない？」
　ズキッ。
　真夏の蒸し暑さがまだまだ残る、9月初旬(しょじゅん)。
　休み時間の廊下(ろうか)に響(ひび)いた楽しそうな女の子の声が、イヤでも耳に入ってくる。
　そして、そのたびに私の心は悲鳴をあげていた。
「……あぁ、べつにいいけど？」
　ズキン、ズキン。
　遥斗くんのその返事は、さらに私を追いつめる。
　……遥斗くんの彼女になって、1年と4ヶ月が経とうとしている。
　私の名前は、桜庭優芽。
　毛先が内側にカールした、少し茶色いくせっ毛のセミロング。
　目はぱっちりとまでは言いにくいけど、一応二重。
　相変わらず背は低くて、引っこみ思案(じあん)な高校2年生。
　そんな私は、彼氏の北川遥斗くんが大好きなんです！
　見た目も完璧(かんぺき)だし、バスケ部でエース。
　正直、私にはもったいないくらい素敵(すてき)な彼氏……なんだけど……。

遥斗くんは……かなり女ぐせが悪いんです。
　女の子とふたりで遊びに行く約束をしているのなんて日常茶飯事だし、この前なんか、仲よくデートしている現場を目撃してしまった。
　付き合いはじめたばかりの頃は、何度別れようと思ったことか……。
　でも、
『優芽』
　って、遥斗くんに名前を呼ばれるだけで胸が高鳴る。
　それに、たまに一緒に帰ったりするし、メールだって、私が送ったらちゃんと返信してくれる。
　そのたびに、遥斗くんにハマっている自分を実感してしまうんだ。
「……はぁ……」
　いつか、遥斗くんが私だけを見てくれる時は来るんだろうか。
　そう考えると、ため息が漏れる。
　いっそ、キライになってしまえたら、どんなにラクだろう。
　……遥斗くんにとって、彼女の存在ってどういうものなんだろうか？
　まぁ、考えたって……答えなんか出てきやしないんだけど……。
　もし、遥斗くんに、
『他の子なんか見ないで……私だけを見て』
　なんてダイタンなことが言えたら、少しは現状が変わる

のかもしれないけど……。
　残念なことに、そんなことを言う勇気を私は持ち合わせていない。
　というか、そんな勇気はたぶん、1年4ヶ月前遥斗くんに告白した時に使い果たしてしまったんだ。
　ハァ……と、もう一度大きなため息をついた時。
「優芽〜！」
「あ、亜衣子ちゃん……？」
　亜衣子ちゃんがニコニコと笑みを浮かべて話しかけてきた。
　……なんかいいことあったのかな？
「どうしたの？」
「ふふ。実はね、今日、ケーキ食べ放題の店が駅前にオープンしたらしいの。よかったら一緒に行かない？」
　亜衣子ちゃんはそう言って、うれしそうに微笑んだ。
「……あ、うん、行こうかな……」
　さっきまでの遥斗くんと女の子のやりとりを見ていた私は、うまく笑うことができなくて……。
　そんな私に疑問を抱いたのか、亜衣子ちゃんは、不思議そうな表情を浮かべる。
　……そして、私の3メートルほどうしろでいまだに女の子と話している遥斗くんの姿に気づき、眉をひそめた。
「なにあれ……。北川遥斗……優芽という彼女がいるのに、また他の女の子とふたりきりで……」
　そうつぶやき、亜衣子ちゃんは遥斗くんをキッとにらみ

つけた。
「あはは……やっぱり、遥斗くんみたいなカッコいい人が、私なんか相手にするはずないんだよね……。なんか、ゴメンね！　せっかく亜衣子ちゃんも協力してくれたのに……」
　遥斗くんへの告白を、誰よりも応援してくれた亜衣子ちゃん。
　付き合うことになってからも、すっごく相談にのってくれている。
　そんな亜衣子ちゃんに心配をかけないように、私はわざと明るく振るまう。
「……優芽」
　亜衣子ちゃんはツラそうに顔を歪めた。
「亜衣子ちゃん、私は全然大丈夫だよ？　……もう、慣れたし……それに、こんなことを何回繰り返したって、結局私は遥斗くんをキライになれないみたい……」
　私が力なくそう告げた瞬間、
「優芽、アンタはがんばってるよ……それは私が一番よく知ってるからね」
　亜衣子ちゃんは、優しく微笑みながら私の腕をつかんだ。
　そして。
「よしっ!!　今日は、たしか巧も部活ないって言ってたし、北川遥斗があんな所で放課後の約束してるってことは、バスケ部も部活ないでしょ？　なんなら、ついでに涼太も誘ってパアッと気分転換しようよ」
　そう言って、私の腕をグイッと引っぱった。

「……うん」
　亜衣子ちゃんの優しさが、どうしようもなくうれしく感じる。
　亜衣子ちゃんがいなかったら、私は今でもこんなに笑うことができなかったかもしれない。
　私はそう思いながら、亜衣子ちゃんに、
「……ありがとう」
　とお礼を言った。

ケーキバイキング

「うわぁ〜……めっちゃおいしそうだね!!」

　私は思わず、そんな感嘆の声をあげてしまう。

　目の前に広がる、カラフルでおいしそうなケーキの数々。

　キラキラした目で見つめていると……。

「ふふ、優芽も喜んでくれてるみたいでよかった！　ね、巧？」

　私の隣に座る亜衣子ちゃんも、うれしそうに声をあげた。

「そうだな」

　ちなみに、今返事をしたのは、亜衣子ちゃんの彼氏の一条 巧くん。

　ふたりは１年の時から付き合っている。

　たしか、私と遥斗くんが付き合いだしてすぐのことだった。

「……にしても、遥斗のヤツも懲りないな？」

　そして、私の正面の席でケーキにパクつきながらあきれたような声をあげてるのが、遥斗くんと同じバスケ部で、私の友達でもある桐谷涼太。

　くりくりした二重に短い黒髪の、見た目も性格も"明るくさわやか"って感じの男子。

　亜衣子ちゃんの中学時代からの友達で、去年クラスが一緒だったこともあり、仲よくなった。

　人見知りの私は、最初はうまく話せなかったんだけど、涼太が気さくに話しかけてくれて徐々に打ち解けることが

できたんだ。
　涼太は話しやすいし、遥斗くんのことに詳しいから、クラスが離れた今もよく相談にのってもらっている。
「あ、そういえば、昨日はマネージャーに言いよられてたしなぁ」
　ポロッと涼太の口からそんなセリフがこぼれた。
「涼太‼」
　亜衣子ちゃんが、涼太をたしなめるように声を張りあげる。
「あはは……」
　そんなふたりのやりとりに、私は苦笑いを浮かべるしかない。
　涼太の欠点は、空気が読めないことだよね……。
「……っとに、涼太は空気読めよ！　アホ！」
「いてっ！」
　巧くんも涼太の背中をバシッとたたいて、注意してくれていた。
「あ、亜衣子ちゃん、巧くん……私は大丈夫だから……。なんか、ゴメンね。気をつかわせちゃったみたいで……」
「優芽……」
　私が言うと、亜衣子ちゃんも心配そうに表情を歪めた。
「優芽、あのね……私は、優芽に幸せになってもらいたいと思ってるんだ、もちろん、巧も……たぶん涼太も……」
　そう言って、亜衣子ちゃんはおだやかな笑みを浮かべた。
「たぶんってなんだよ！　ちゃんとそう思ってるっつーの。優芽、なんでも相談にのるからな！」

最後の亜衣子ちゃんの言葉に突っかかりつつも、涼太はニカッと笑ってそう言ってくれる。
「……うん!!　本当にありがとう。あ、あのケーキおいしそう〜!　涼太取ってきて!」
「はぁ〜?　いきなり、パシリかよ!?　……ま、いいけどさ」
　みんなに心配かけないように、明るく振るまう。
「早く行ってきなよ〜。ちなみに、私、イチゴショートね? あと、モンブランもよろしく!」
　亜衣子ちゃんも悪ノリして、ニヤニヤした顔で涼太を見ている。
「ったく、お前らは俺の扱いがヒドすぎんだよ!!　てか、亜衣子の分は持ってこねーからな!」
　涼太はブツブツ文句を言いつつも、席を立ってケーキを取りに行く。
　あんな風に言ってたけど、結局は、ちゃんと亜衣子ちゃんの分のイチゴショートとモンブランも取っているみたい。
　その姿に、思わず笑みがこぼれた。
「涼太って、なんか犬っぽいよね?　案外、素直だし」
「たしかにな」
　亜衣子ちゃんと巧くんがそう言って、クスクスと笑いを堪えている。
　そんなふたりの姿に、私も自然と笑顔になる。
　と、その時だった。
「おい、遥斗!　なにしてんだよ!　こんな所で……少し

は優芽の気持ちも考えろよ!!」

　涼太のそんな叫び声が店内に響きわたった。

　その声につられ、思わず振り向いた私の目に入ってきたのは……。

「……遥斗……くん」

　休み時間に見かけた女の子と一緒にいる、遥斗くんの姿だった。

「……は？　なにが？」

　涼太の怒声も、冷静な顔で流す遥斗くん。

「"なにが？"じゃねーよ！」

「おい!!　涼太、やめろ！」

　今にも殴りかかりそうな気配を察した巧くんが、あわてて席を立って涼太を押さえつける。

　店内の他のお客さんも、私たちの緊迫した様子に気づいたのか、徐々に静かになっていく。

「……なんなわけ？　……マジで……」

　遥斗くんは、本当にめんどくさそうに涼太を見つめている。

　ズキン。

「遥斗てめぇ、マジでふざけんなよ！」

「涼太……ありがとう。もういいからさ……もう……」

「……っ、優芽……」

　亜衣子ちゃんがギュッと、私の体を抱きしめて諭すように言った。

　そして、遥斗くんをにらみつけながら、

「アンタ、優芽をどれだけ苦しめれば気が済むのよ!?　優

芽のこと、どう思ってるわけ？　……なんで、なんであの時、この子を選んだのよ!!」
　と、言いはなつ。
「……さぁ？」
　すると遥斗くんは、亜衣子ちゃんのその問いにも、表情ひとつ変えることなく涼しげな顔でつぶやいた。
　そう、それは、本当に私のことなんてなんとも思っていないんだ……と、あらためて感じてしまう言葉だった。
「……ねぇ、遥斗くん。この人たち、なんなわけ？　遥斗くんの友達？」
　ふいに、遥斗くんと一緒にいる女の子が、遥斗くんの腕に自分の腕を絡ませながら言った。
　その光景を見るだけで、私の胸は悲鳴をあげる。
「隣のクラスのヤツら。友達ってほど仲よくねーし。つか、こんな所で話しかけてくんなよ。マジ、ウザい」
　最後は涼太と、そして私たちに対して吐き捨てるように言った遥斗くん。
　あぁ、もう本気でダメかもしれない。
　亜衣子ちゃんはくやしそうな表情で、なおも遥斗くんをにらみつけている。
「……遥斗、マジで見そこなったぜ」
　涼太も思いきり遥斗くんをにらみつけ、温厚な巧くんまでもが眉をひそめた。
「……ゴメンね、私のせいで、みんなにまでイヤな思いさせて……」

「優芽？」
　私はポツリとそうささやくと、亜衣子ちゃんの体を少し押して立ちあがり、前に歩みでた。
　私の足音だけが店内に響きわたる。
　亜衣子ちゃんも巧くんも涼太も……さらには、店内の他のお客さんまで私に注目しているのが伝わってきた。
　そして。
　——パンッ。
　乾(かわ)いた音が響いた。
「ゆ、優芽!?」
　亜衣子ちゃんが驚いて、目を丸くしている。
　そう、私は遥斗くんの頬(ほお)を平手打ちしたのだ。
「……っ」
　普段(ふだん)おとなしい私が、こんなことをするなんて思っていなかったんだろう。
　遥斗くんはいつものポーカーフェイスを崩(くず)し、驚きの表情を浮かべていた。
「……私のことはどう思ってもいいし、なに言ったっていいよ……。でも、亜衣子ちゃんや巧くん、涼太のことを、そんな風に言わないで!!　それに涼太は、遥斗くんの友達でしょ？　部活だって一緒の仲間じゃない……」
　そこまで言った瞬間、涙(なみだ)があふれてきた。
　……もう、あとには引けない。
　けど、やっぱり弱虫な私。
「……優芽っ!!」

結局は、遥斗くんから目をそらし、店を飛び出してしまった。
　うしろから亜衣子ちゃんの声が聞こえたけど……その声も振りきって走った。

　バカだよ、私は……。
　遥斗くんにあんな風に啖呵を切っておいて……あげくの果てに、ひとりで逃げちゃうなんて。
　やっぱ、言わなきゃよかった？
　でも、亜衣子ちゃんたちのことをあんな風に言う遥斗くんは、許せなかった。
「……はぁ」
　思わず漏れるため息。
　今私は、大通りを抜けて人通りの少ない路地を歩いている。
　思えば、店内にみんなを残して荷物も全部置いてきちゃったし……きっと今頃、心配してるだろうしな……。
　そう考えて、さらに肩をすくめた瞬間。
「優芽!!」
　うしろから、そんな声が聞こえてきた。
「え？　涼太……？」
　そこには、息を切らした涼太の姿があった。
「なんであの場面で逃げるんだよ!?　せっかく遥斗に啖呵切ったっつーのに！」
「あはは、つ、つい……」
　興奮した様子で詰めよる涼太に、思わず曖昧な笑みを浮

かべる私。
「バカだな〜、優芽……あそこまで驚いてる遥斗なんて、貴重だったんだぞ。かなりスッキリしたわ、ありがとな、優芽！」
　そう言って、涼太はニカッと、いつもの無邪気な笑みを浮かべる。
「……私は、みんなに迷惑かけちゃったし、それに……」
　涼太のあまりにも優しい言葉に、ポロリと涙がこぼれた。
「バカ、泣くなよ！　亜衣子も巧も、さっきの優芽のことホメてたぞ！　さ、みんなのところに戻ろうぜ？」
「うん……ありがとう、涼太」
　私は涼太にお礼を言うと、ニコリと微笑んだ。
　そして、
「……てか、さっきからバカバカ言いすぎだから！　絶対涼太のほうがバカでしょ？」
　なんて、おどけた口調で言ってみる。
「はいはい、バカで結構。……なぁ、優芽はあんな風に言われても……遥斗のこと……好きか？」
「……あはは……どうなのかな？」
　あえて、涼太の問いには答えなかった。
　だって、今は認めたくなかったんだ。
　まだ……あんな最低な遥斗くんに、私はひかれてるなんて……。
「そっか……」
「……？」

そう言って笑った涼太の表情が、なんだか切なそうに見えた気がした。
　……でもそれは、私の気のせいだったみたいで……。
「ま、がんばれよ、一応、応援はしてるからさ」
　涼太はいつもの笑みを浮かべ、私の肩をバシバシたたく。
「い、痛いから！　そんなにたたかないでよ！　バカ、涼太！」
「またバカって言ったな!!」
　さっきまでの暗い気持ちも、涼太とのくだらない言い合いのおかげかすっかり消え失せていた。
　……涼太……本当にありがとう。
　口では冗談を言いながらも、私は心の中でそう思った。

【遥斗 side】
　なんなんだよ、アイツ……。
　俺はしばらく驚きの表情を浮かべ、ポカンと立ちつくすことしかできなかった。
　いつもおとなしい優芽が、俺を平手打ちするなんて……。
　今でも信じられない。
　そして……。
　あの時の優芽の表情が、頭の中から離れない。
　自分のことより、友達を優先する優芽。
　……なんかイライラするんだけど。
「だ、大丈夫？　遥斗くん……？」

隣でベタベタ触(さわ)ってくる女にさえ、苛立(いらだ)ちを感じた。
　……優芽、お前は俺の彼女だろーが……。
　さっき、優芽を追いかけていった涼太のことも気に入らない。
　あんなに素早い動きができんなら、バスケの試合の時にしろっつーの。
「……北川くん、優芽をこれ以上苦しめるなら、もう別れて！　あなたが言えば済むことじゃない!!　優芽を自由にしてあげてよ……」
　いつも優芽と一緒にいる女……たしか、南亜衣子だっただろうか？
　南はそれだけ言うと、さっさと会計を済ませて店内をあとにする。
　そのうしろから、南を気づかうように、さっき涼太を押さえこんでいた男が出ていった。
　……別れて……か……。
　そうだよな、なんで別れないんだろう。
　そもそも彼女なんて存在は、俺にとっても邪魔(じゃま)なだけなのに……。
　昔からそうだったはずなんだ。
　けど、１年前……。
『あのっ、１年２組の桜庭優芽っていいます！　北川くん、好きですっ！　私と付き合ってくれませんか？』
　はずかしそうにそう言った優芽の姿が、今でも頭の片隅(かたすみ)に残っている。

最初はもちろん、いつものように断るつもりだった。
　こんな言葉……もう、聞きあきていたはずだった。
　……それなのに、なぜか優芽のことをもう少し知りたいと思った。
　……俺はマジで、なにがしたいんだよ……。
　優芽を縛りつけて……。
　正直、優芽が好きか？と聞かれたら、よくわからない。
　キライではない。
　けど、好きという感情を自覚したことはなかった。
『自由にしてあげて』
　さっき南から言われた言葉が、頭の中を駆けめぐる。
　でも……なぜか、自分から別れを切り出す気にはなれないんだ。
　もし優芽のほうから別れを切り出されたら、俺は素直に、
『わかった』
　と言えるんだろうか？
「……くそっ、イライラする、なんで俺が……ちっ」
　俺は、軽く舌打ちをして、店をあとにした。
「ちょ、ちょっと！　遥斗くん!?」
　うしろからそんな女の声が聞こえたけど、今は女と遊ぶ気分にもなれず、無視を決めこんだ。

文化祭での人魚姫

【優芽 side】
　あのケーキバイキングでの騒動から１週間が過ぎようとしていた。
　その間、私は遥斗くんと一度も話すことはなかった。
　というか、私が避けていた。
　平手打ちなんかしちゃったから……。
　遥斗くんにどう思われたかって思ったら怖くて……結局、私は弱虫なんだ。
　そう考えると、自然とため息が漏れた。
「優芽！　なぁ〜に暗い顔してんのよ。もうすぐ文化祭だっていうのにさ」
「亜衣子ちゃん……」
　ニコリと微笑みながら、亜衣子ちゃんは優しく私を見つめている。
「そうだね……」
「そうそう！　次の時間は文化祭の出し物の話し合いだよ。楽しみ、楽しみ！」
　明るくそう言う亜衣子ちゃんに、私も自然と笑みがこぼれた。
「今年はなにすんだろうね？」
　亜衣子ちゃんがそう言った時。
　——ガラッ。

教室の扉が勢いよく開いた。
「は～い、席に着いてください！　今から文化祭の出し物決めますよ！」
　扉から入ってきたのは、私のクラスの担任、岩本先生。
　肩までのキレイな黒髪と赤いメガネがチャームポイントの、優しい女の先生だ。
　たしか40歳目前らしいけど、まだ独身というウワサ。
「あ、クラスの出し物を決める前に、ひとつお知らせが。今年は、学年対抗の演劇祭を行うことになりましたっ！」
　……学年対抗の、演劇祭……？
　私……いや、私だけではないクラスのみんなが、先生のその言葉に首をかしげる。
「えっと、どんな企画かというと、文化祭のステージで各学年ごと演劇を行って、みんなで1位を決めようというものです。各クラスから3人ずつ代表を出して、劇をしてもらいます」
　……うわ……めんどくさそう……。
　学年ごとってことは、1組から4組の各クラス代表3人ずつの12人で劇をしろってこと？
　人見知りだから他のクラスに友達はほとんどいないし、人前に出るのも苦手だよ……。
　私はイヤそうな顔を浮かべて、そんなことを考えていた。
「まず、その代表3名を決めましょうね。どうやって決めるのがいいかしら？」
「先生、平等にくじでどうですか？」

その声に振り向くと、亜衣子ちゃんが手をあげている姿が目に入った。
　　……たしかに、みんな代表はイヤだろうから、くじだったら平等だよね。
　　私がそう考えたように、クラスのみんなも亜衣子ちゃんに賛成したようで、パチパチと拍手（はくしゅ）が聞こえてくる。
「そうですね。では、南さんの意見から、くじに決めたいと思います」
　　岩本先生に言われて、学級委員の子たちがすぐにくじを準備し、みんな次々と引いていった。
　　そして、ついに私の番。
　　即席（そくせき）のくじなので、小さく折られた白い紙が教卓（きょうたく）の上にのっているだけ。
　　私は目に入った紙を手に取った。
　　……まぁ、クラスはみんなで30人いるから確率もそこまで高くないし……大丈夫だよね。
　　そう思いつつ、私は、紙をペラリと開いてみる。
　　……!?
「……私、セーフ。まぁ、確率10分の1だし、当たるほうが運ないよね！」
　　亜衣子ちゃんのそんな声が遠くから聞こえてくる。
　　無言のまま席に戻ると、亜衣子ちゃんが私の席までやってきた。
「優芽、大丈夫だった？」
　　いまだに放心状態の私の肩を、ぽんっと軽くたたく亜衣

子ちゃん。
　そんな彼女に、私は苦笑いを浮かべながら、
「当たっちゃったよ……」
　と、ポソリと告げた。
　え!?と、一瞬驚いた表情を見せた亜衣子ちゃん。
「……ご愁傷様……」
　そう言って、もう一度肩を軽くたたく。
　……劇なんて……絶対無理なんですけど……。
「では、くじに"当たり"の文字が書いてある人は、前に出てきてください！」
　岩本先生の声に、私はしぶしぶ席を立ち、前に進みでる。
「今回うちのクラスの代表をしてくれるのは、溝口くん、吉田くん、桜庭さんです。みんな、拍手〜」
　先生がそう言うと、まわりから哀れみの拍手がおくられた。
　内心、自分じゃなかったことにホッとしている様子。
　……そりゃあそうだよね。
「じゃあ、さっそく３人は今日打ち合わせがあるので、帰りのHR（ホームルーム）が終わったら隣の２年３組に集合ね！」
　マジですか……。
　まさか、こんなに早く集まりがあるなんて……。
　私は思わずため息をつきそうになる。
　それに……。
　チラリと、隣に立っている溝口くんと吉田くんを見た。
　溝口くんも吉田くんも、今まであまり話したことがない。
「桜庭ちゃん、一緒にがんばろうね」

そんな不安そうな私に気づいたのか、溝口くんがそう言って、にっこり微笑んでくれた。
「うん、あ、ありがとう……劇、がんばろうね」
　フレンドリーな溝口くんに、軽く胸をなでおろしながら微笑み返す。
　……よかった、いい人みたいだ。

　そして……あっという間に放課後。
　私と溝口くん、吉田くんは、2組の代表として集まりに参加していた。
「き、緊張する……劇って、なにやるんだろうね？」
「……さぁね……吉田はどう思う？」
「どうだろうな？」
　放課後までにはふたりと自然に会話もできるようになって、少しうれしい私。
　溝口くんはすごくフレンドリーで、吉田くんもあのあとすぐに話しかけてくれてすごいいい人だった。
　ちなみに、溝口くん情報によると、吉田くんは4組に彼女がいるらしい。
　そんな感じで、溝口くんたちと楽しく話していると……。
「あれ？　優芽じゃん!?　もしかして、劇出んの？」
　突然、そんな声が聞こえてきた。
　うしろを振り向くと、涼太の姿が。
「ウッソ！　涼太も？」
　私は目を丸くして驚きながらそう言った。

「まぁな、ジャンケンで負けちゃってさ～。一応、4組代表」

　ケラケラ笑う涼太にホッとする私。

　……よかった、知り合いいなかったらどうしようかと思ったけど、涼太がいるなら安心だよね。

　それに、劇も楽しくなりそうだな。

　……でも、そんな私の淡（あわ）い期待は、次の瞬間、壊（こわ）れることになった。

「遥斗ぉ～。1組代表こっちの席だよ！」

　そんな、甲高（かんだか）い女子の声に、私は凍（こお）りついた。

　……1組で……遥斗？　もしかして……。

　そして、私の予感は的中する。

「わかってるよ」

「……っ」

　大好きなその声……まちがえるはずがない。

　……遥斗くんも劇に出るんだ……。

　私は、気づけばギュッと手を握りしめていた。

「ふ～ん。遥斗も劇とか出んだな、めずらしい……」

　涼太が、私が考えていたことをポソリとつぶやいた。

　……そうだよね、絶対イヤがりそうなのに……。

　そんなことを考え、首をかしげていると。

「みんなそろったみたいなんで、始めてもいいですか？」

　4組代表の子がそう言った。

　茶色がかったフワフワの髪をした、優しそうな女の子。

「あ、ほら、あの子だよ、吉田の彼女の冬美（ふゆみ）ちゃん。吉田

にはもったいないくらいいい子なんだよ」

溝口くんが、吉田くんをからかうようにそう言った。

「溝口……てめぇ、桜庭さんに余計なこと言うなっつの、アホ」

吉田くんは、照れているのか少し頬が赤くなっていて、なんだかかわいい。

「ふふ、ふたりとも仲いいんだね」

私はそんなふたりにニコッと微笑みかけ、2組の代表の席に腰をおろした。

「まずは、私から自己紹介します！　4組代表の芦田冬美です。リーダーを任されています。よろしくお願いします。1組の人から順番に、みんなも自己紹介してもらっていいかな？」

そんな芦田さんの提案から、みんなの自己紹介が始まった。

「1組の代表の菊池ミミで〜す、よろしくぅ〜」

さっき遥斗くんに話しかけていた女の子が、キャピキャピした感じで言う。

「あ、羽田早苗です、よろしくお願いします」

さっきの菊池さんとは対照的に、マジメそうな羽田さん。

そして……。

「北川遥斗。よろしく」

いつもながらそっけない遥斗くんの言葉で、1組が終わる。

「はいは〜い!!　次俺ね？　溝口明宏です、よろしくね」

溝口くんは、いつもながらフレンドリーに場を盛りあげる。

「吉田健太です、よろしく」

吉田くんもさわやかに自己紹介を終え、芦田さんとアイコンタクトをしている模様。
「あ、えと、桜庭優芽です……。よ、よろしくお願いします……」
　半端なく緊張したけれど、私も無事に終わらせることができた。
　3組は、全員男の子。
　そして、4組。
「桐谷涼太っす。よろしく」
　涼太も無難にそう言って、残りの人もそれぞれあいさつを終えた。
「じゃあ、これから劇の内容を発表します。今回、私たち2年は……『人魚姫』をすることになりました」
　リーダーの芦田さんが淡々と話を進めていく。
　人魚姫か……。昔、よく読んでたな……。
　人間の王子様に恋する人魚のお姫様の話。
　……たしか最後は、泡になって消えちゃうんだよね。
「じゃあまず、配役から決めようか？　人魚姫、王子、魔女、あとは……」
「はいは～い！　私が人魚姫役やりまぁ～す！　で、王子は遥斗で！」
　芦田さんの話の途中で菊池さんがそう言って、元気よく声を張りあげた。
　ズキン。
　菊池さんの言葉に、胸が締めつけられた。

「……は？　王子なんかやんねーよ、セリフ覚えんのダルい。ただでさえ、やりたくねーのに推薦で決まったっつーのに」
「え〜!?　遥斗！　やろぉよ！　私、遥斗と劇したいから遥斗が決まった瞬間立候補したのに！」
　遥斗くんはイヤそうに顔を歪め、菊池さんはニコニコ楽しそうに笑いながら、そんなやりとりを続けている。
　これぐらいのことで嫉妬してしまう自分がキライ……。
　ギュッと唇を噛みしめながら、そう思った時、
「は〜い！　俺は、人魚姫に桜庭ちゃんを推薦しま〜す！」
　と、間の抜けたような声が響きわたった。
　涼太なら私に気をつかってそんなことを言いかねないけど、言ったのは涼太じゃない。
　顔をキラキラさせながら私の隣で微笑む、溝口くんだった。
「な、なに言って……」
　私が驚きながらも言葉を続けようとすると、その前に、
「ちょっと！　アンタ、少しは空気読みなさいよね!!」
　と、菊池さんの声が響いた。
「なにが？」
　本当にわけがわからないといった感じでそう言う溝口くんに、周囲からクスクスと笑い声が漏れる。
「なにが……って、私が遥斗とやるって言ってんでしょ!?」
　溝口くんの態度が気にさわったらしい菊池さんは、怒りで顔をまっ赤にさせながら怒鳴りつけた。
　すると。

「俺も、桜庭さんでいいと思うけどな？」
「……!?」
「人魚姫のイメージって、なんか桜庭さんっぽいしさ」
　今まで黙っていた吉田くんまでもが、そんなことを言いだす始末……。
「なっ……」
　菊池さんはさらに顔をまっ赤にさせながら、今度はキッと私をにらみつけてきた。
　……こ、怖い。
「ん～、これじゃ、収拾つかないし……多数決で決めようか？」
　すると、芦田さんがそう言ってニヤリと笑った。
「は、はぁ～？　多数決!?　……べつに、そんなにやりたいなら代わりますけど？　遥斗が王子やんなきゃ、ミミには関係ない話だしぃ～」
　ジロリと芦田さんを見すえて、菊池さんはそう言いはなった。
　……てか、私……やりたいなんてひと言も言ってないですよ!?
　いまだに感じる菊池さんの鋭い視線に耐えきれなくなり、私は顔を下に向ける。
「菊池さんがそう言うなら……桜庭さん、人魚姫役お願いしてもいいかな？」
「そんな、私は……っ」
　断ろうと意気込んで顔をあげると、芦田さんが懇願する

ような表情を浮かべていた。
　そんな芦田さんに、断る勇気もない私は……。
「……はい……やらせていただきます」
　思わず、そう答えてしまった。

偽(いつわ)りの王子様

「はい！　次、人魚姫のセリフ！」
　体育館に芦田さんの声が響きわたる。
「え……と。ま、まぁ……なんて素敵なお方……」
「はい、優芽ちゃん！　そこは、もっと王子を好きって気持ちをアピールして！」
　ナレーター兼現場監督(げんかんとく)の芦田さんは、見た目とちがい、なにげにスパルタなんです……。
「あはは、ヘタっぴ！　ちょーウケるんですけど！」
　ケラケラと楽しそうに笑う菊池さんは、人魚姫のお姉さん役になった。
　あの日から、私のことを敵視してるみたい。
　菊池さんは、私と遥斗くんが付き合ってるってことは知らない。
　付き合っているのを知っているのは、ごく一部の人だけだから。
　だから、バレた時がおそろしい……。
「……さぁ人魚姫、王子と結ばれたければ、この薬を飲むんだね……。その代わり、アンタの声は私のもんさ！」
「キャー！　早苗ちゃん、最高!!　魔女役は心配なさそうね！」
　羽田さんは、魔女役。
　おとなしそうに見えて、実は中学のとき演劇部だったら

しく、かなり演技がうまかった。
　……私も見習わなければ……！
　そして、王子役は……というと。
「な、なんて、う、美しい女性なんだ！」
「は〜い！　桐谷くん、ちょっと固いよ！　もっとリラックスして、リラックス！」
　芦田さんが苦笑いを浮かべてそう言う相手は……涼太。
　涼太が王子役なんて笑っちゃうけど、まぁ、なんとかやれそうな気がする。
　涼太は要領いいからな……。
　それに比べて私といったら、要領も悪いし、演技力なんてないに等しい。
「……はぁ……私、大丈夫かな……？」
　私が出ないシーンに入ったため、体育館の隅に移動してその練習を眺めていると、思わずため息が出てしまう。
「おっ、主役がため息なんてついたらダメだって！」
　突然、そんな声が聞こえ、背中をバシバシとたたかれた。
「ちょっ、ちょっと、い、痛いから！　たたきすぎだから！　溝口くん！」
　そう、この人こそが私を人魚姫にしたてあげた張本人。
　さらにはあの日、
『あ、俺、演技力ないから！　兵士とかでよろしく！』
　なんて、自分はさっさと逃げてしまったのだ。
「桜庭ちゃんならできるよ！　がんばってな！」
　私は曖昧に微笑みながらも、軽くうなずく。

……最終的に断れなかったのは私、だしね。
　こういうとき、本当に自分の『NO』と言えない性格がイヤになるよ……。
「あれ？　そう言えば、北川って今日も練習サボり？」
　ドクン。
　溝口くんのその言葉に、私は手をギュッと握りしめた。
　……そう、あの集まりの日以来、遥斗くんは一度も練習に顔を出していない。
　……私がいるからかな？
　もしかして、避けられてる？
　付き合ったばかりの頃は、１週間に１度くらいは一緒に帰ったりしていたのに、付き合って３ヶ月を過ぎた頃からは、それすらほとんどなくなってしまった。
　……遥斗くんは、私と別れたい……のかな……？
　結局、その答えに行きついてしまう臆病(おくびょう)な私。
「……桜庭ちゃん？」
　突然しゃべらなくなった私を心配したのか、溝口くんが心配そうに声をかけてくる。
「あ、ゴメン、なんでもないよ！　……そうだね、北川くん、最近来てないよね」
　あはは、と無理やり笑顔を作りながら、そう告げた。
　……今、うまく笑えてるかな？
「お～い、みんな！　１回通すから集まって!!」
　そのとき、芦田さんのそんな声が聞こえてきた。
「あ、呼ばれてるよ！　溝口くん、行こう？」

「あ、うん……桜庭ちゃん、大丈夫？」
　やっぱりうまく笑えていなかったみたいで……溝口くんは心配しているようだった。
「大丈夫！　演技がちょっと不安だっただけ！」
　私はなにごともなかったように振るまう。
　……もう、他の人にまで、迷惑かけられない……。
「おい！　優芽！　おっせーぞ、主役が遅れてどうすんだよ！」
　こういうときは、涼太の空気を読めないところに感謝してしまう。
　ケラケラと笑う涼太のおかげで、私と溝口くんの間の空気もだいぶやわらいだ気がする。
　空気が読めないのに感謝されるなんて……本当に得な性格してるよ、アンタ……。
「じゃあ、まずは人魚姫が王子と出会うシーンからね！」
　にこやかにそう言った芦田さんの言葉に、私と涼太はコクリとうなずいたのだった。

　あれから１ヶ月。
　練習は文化祭の前日まで続いた。
　みんな、なにげに楽しんでいるみたいで……ときどき菊池さんが私にイヤミな態度を取ることを除けば、なごやかな雰囲気で過ごすことができた。
　ただ、遥斗くんは全然練習に来なくて……。
　何度かリーダーの芦田さんが声をかけたみたいなんだけ

ど、結局最後まで来ることは一度もなかった。

　そして、文化祭1日目。
　いよいよ、私たちの練習の成果を発揮（はっき）する時がやってきた。
「みんな！　優勝狙（ねら）っていくわよ！　今までしてきた練習の成果が出せるように、がんばりましょう!!」
　芦田さんのそんなかけ声に、気合いも十分。
　……私もあれだけ練習したんだから、大丈夫、大丈夫。
　自分にそう言い聞かせつつ、数回深呼吸をする。
　亜衣子ちゃんと巧くんからも激励（げきれい）を受けてきたし、失敗するわけにはいかない。
　ふと、まわりを見てみると、いつも緊張のかけらさえ見せない涼太までもが固まっている姿が目に入ってきた。
「ふふ、あれ？　涼太ったら、柄（がら）にもなく緊張してんの？」
「うっせ、悪いかよ」
　わざとらしく言った私をにらみながらそう言う涼太。
　そんなやりとりをしていると、自然と私の緊張も収まっていくのを感じた。
「がんばんなきゃね」
「あぁ、そうだな！」
　それだけの言葉を交わすと、私は涼太から離れて舞台（ぶたい）へと向かう。
　……いよいよ、私たちの出番だ。

『……昔、昔、ある海の底に、かわいらしい人魚姫が住ん

でいました……』
　芦田さんのナレーションから物語は幕を開ける。
　私は、緊張しながらもなんとか最初のシーンを無事演じきった。
　今のところ、失敗はない。
　……よかった！　練習の成果が出てるみたい。
　ホッとしながら、舞台の袖へと戻っていく。
　物語はどんどん進んでいった。
　王子に出会って恋をした人魚姫は、魔女に自分の声と引き替えに人間にしてもらう。
　そして、次はいよいよ、王子様との再会シーン。
　……このシーンは、セリフはないけど、表情だけで気持ちを伝えなきゃいけない難しい場面。
　芦田さんから、どれだけダメ出しをくらったことか……。
　……よし！　がんばるぞ！
　そう気合いを入れ直した時だった。
　──ガッシャン！
　反対側の舞台袖のほうから、ものすごい音が聞こえてきた。
「な、なに!?　どうしたの？」
　驚きながらも、音のした方向を気にしていると……。
『……ただいまから、５分間の休憩に入ります……』
　突然、そんな放送が聞こえてきた。
　……あれ？　この場面の間に休憩時間とかあったけ？
　私は首をひねりながら、そんなことを思った。
　しかも、今の声……芦田さんの声だったよね……。

なんだかイヤな予感がして、舞台裏を通って音のしたほうに駆けよる。
　……なにもなければいいけど……。
　しかし、そこには、すでに人だかりができていて……。
「溝口くん！　吉田くん！　どうしたの!?」
　ふたりの姿を見つけた私は、すぐにたずねた。
「あ！　桜庭さん‼　大変なんだ……涼太が……」
　そこまで言って、吉田くんは顔を歪めてうつむいた。
「……涼太がどうしたの？」
　ドクン、ドクン。
　心臓がイヤな音を立てる。
　すると、吉田くんはくやしそうな顔で説明してくれた。
「昔使っていた古い道具が上から落ちてきて……涼太のヤツ、かわしたのはいいけど足首をひねっちゃったらしくて、舞台の続きに出られそうにないんだ……。せっかくあんなに練習したのにさ……」
「そ、それで涼太は大丈夫なの……？」
「うん、少し腫れてるから、一応今から病院に行くらしいけど……本人は平気だって言ってた」
「そっか……」
　吉田くんのその言葉に、私は少し胸をなでおろした。
　だけど。
「……劇は……どうなるのかな？」
　私が聞くと、吉田くんだけではなく、溝口くんも残念そうに首を横に振る。

……そうだよね、王子役いないと、劇は成り立たない。今さら代役なんて無理があるし……。
　仕方ない……よね……。
　あれだけ練習したのに、できないのは残念だけど……。
　しばらく３人で立ちつくし、あきらめかけた時。
「優芽ちゃん!!」
「芦田さん……？」
　芦田さんの声が響いてきて、私は首をかしげる。
「人魚姫、続けるよ!!」
　必死にそう言う芦田さんに、私と溝口くん、さらには吉田くんまでもが目を丸くして驚きを隠せないでいた。
「……続けるって言っても、王子役がいないのに……」
「代役が見つかったの！　少しアドリブとか交じるかもしれないけど、たぶん大丈夫だから！」
　そう言って、にっこり笑う芦田さん。
　だ、代役って……誰？
「とりあえず、話は歩きながら……てか、もう始まっちゃう!!　優芽ちゃん、急いで！　人魚姫と王子の再会シーンからだから!!」
「う、うん！」
　芦田さんに急かされ、私はよく話を聞かないまま、舞台の上に立たされた。
　……結局、王子役って……誰なの？
　とまどいながらも、次のシーンの始まり方を思い出し、あわててその場に横になった。

『声を失った人魚姫は、海岸を歩いている王子様と再会することができました』

芦田さんのナレーションが聞こえてくる。

そして、演技で倒れこんでいる私の近くに誰かがしゃがむ気配がした。

……誰なの？

王子役の人が肩に触れ、私は軽く顔をあげる。

ライトがまぶしすぎて、相手の顔がよく見えない。

だけど……。

「あぁ、なんて美しい人なんだ」

その声を聞いた瞬間、私は固まった。

……は、遥斗くん？

体を起こされ、大好きな人の顔がすぐそばに映る。

驚きのあまり、私は目を丸くして遥斗くんを見つめた。

「よかったら、私の城に来ませんか？」

そう言って、涼しげな顔で微笑む遥斗くんに、演技だとわかっていても胸が高鳴った。

一度も練習に来ていないのに、セリフは完璧。

どうしてなの……!?

ドキドキと疑問が入り混じる中、私も必死で演技を続ける。

結局、遥斗くんは、王子役を一度もミスすることなく演じきった。

そして、劇は無事に終わり、私たちの学年は最優秀賞を受賞した。

「本当によかったよ〜！　みんな、ありがと！」
　芦田さんなんか、喜びのあまり吉田くんに抱きついている。
　亜衣子ちゃんと巧くんも、
「お疲れ、よかったよ！」
「上手だったよ、優芽!!」
　と、ねぎらいの言葉をかけてくれた。
　涼太も病院から帰ってきていて、軽い捻挫だということだった。
「……にしても、あの北川遥斗が涼太の代わりに劇に出るなんて、意外だったわね。しかも、王子役……」
　亜衣子ちゃんがポソリとそうつぶやいて、考えこむように顔を伏せた。
「うん……私が一番ビックリしてる……」
　私もそう言いながらうなずく。
　芦田さん情報によると、劇が終わったあと、遥斗くんはなにも言わずに体育館から出ていってしまったらしい。
「あんな性格じゃなければ、見た目は王子なんだけどね、本当に……」
　亜衣子ちゃんのそんな言葉に、曖昧な笑みを浮かべる。
「……で、優芽は本当にどうするの？　北川遥斗との関係。このままズルズル続けちゃう？」
「…………」
　私はなにも答えることができなくて、顔を伏せた。
「……そろそろハッキリしたほうがいいんじゃない？　私は、優芽に幸せになってほしいだけだよ」

「亜衣子ちゃん……」
　くやしそうに唇を噛みしめる亜衣子ちゃんに、胸が痛む。
　……私のことをすごく考えてくれているということが、痛いほど伝わってきた。
「……そうだよね」
　もしかしたら、ずっとこんな状態が続くかもしれないと思うと、すごく切ない。
　だけど……さっき舞台の上で見た遥斗くんの姿を思い出すと、気持ちが揺れる。
　演技だってわかっていても、遥斗くんが私に向けてくれた真剣な眼差しが、頭から離れなくて……。
　"好き"って想いが、前以上に強くなってしまった。
「女は、愛するより愛されなきゃ！　優芽は普通にかわいいんだし、すぐに別の彼氏なんか見つかると思うよ！」
「…………」
　"遥斗くんと別れる"
　その選択肢は、私にとってすごく重たいもの。
　今までだって、付き合っていても気持ちは片想いだったと思うけど……それでも彼女でいたいと願っていたから。
　こんなにも好きな人との別れを、私は自分から選ばなきゃならないの……？
　そんなことを考えながら、亜衣子ちゃんと一緒に教室に戻ろうとして中庭近くの廊下を歩いている時だった。
「遥斗ぉ〜、さっきの劇、ちょーカッコよかった!!」
　中庭の方から、そんな女子の猫なで声が聞こえてきた。

「あぁ、サンキュ」
　ズキン。
　そこにいたのは、やっぱり遥斗くんで……。
「アイツ……ケーキバイキングではあんなに驚いた顔してたくせに、性懲りもなくまた別の女と！」
　隣で亜衣子ちゃんがイライラしているのが伝わってくる。
　すると。
「……っ」
　突然、女の子のほうから遥斗くんにキスをした。
　遥斗くんはイヤがる素振りも見せず、受けいれているようにさえ見えた。
　その瞬間、私の中のなにかが……壊れた気がした。
「優芽‼」
　亜衣子ちゃんの声を振りきって、走って逃げた。
　とりあえず、遥斗くんたちから離れたかった。
　さすがにあんなシーンを見てしまうなんて思っていなかった私には、ダメージが強すぎたんだ。
　だけど、走っても、走っても……遥斗くんのキスの光景が頭から離れない。
　そのうち、涙がポロポロと頬を伝ってきて……。
　人通りのない廊下まで来たところで、私は我慢できずにうずくまってしまった。
　……バカみたい、私。
　いつかは振り向いてくれるかも……そう思っていた時期もあった。

少しでもかわいく見られたくて、亜衣子ちゃんに教えてもらってメイクだって勉強した。
　けど、結局……遥斗くんにとって私という存在は、なんだったのだろう……。
　学校で……いつでも隣に、ちがう女の子を引き連れている遥斗くん。
　ねぇ、遥斗くん。
　あの時、あなたは……どうして私の告白を受けいれたんですか？
　……私、あなたを想い続けること……もう無理かもしれません。

　次の日、文化祭２日目。
　私は学校に行かなかった。
　家のベッドの中で、遥斗くんのケータイのアドレスを探す。
　そういえば、付き合って１年以上経っているのに、メールはいつも私からだった。
　そう考えると、自嘲的な笑いが漏れた。
「ははっ、バカみたいだよね、本当に……」
　つぶやきながら、ケータイのボタンを押す私。
≪別れよう≫
　それだけ打つと……迷わず、遥斗くんに送信した。
　今まで、ありがとう。
　切なかったけど、あなたを好きになれて幸せでした……。
　そう思いながら。

大切な人

【遥斗 side】
「……なんで俺は、あんなことしてんだよ……」
　ポツリと、そうつぶやく俺。
　涼太の代役で出た劇。
　最初は、出る気なんてさらさらなかった。
　だから一度も練習には参加しなかったが、優芽と涼太がどんな役を演じるのかなんとなく気になって、台本は何度か目を通していた。
　そしてさっき、アイツの悲しそうな顔を見て……いてもたってもいられなくなったんだ。
　落ちこんだ優芽の姿。
　涼太のケガの心配をする優芽にもイラついた。
　俺のことを気にかけてくれたことは……ないっつーのに。
　優芽の告白をOKして、1年以上経つ。
　いったい、俺はアイツになにをしたいんだろうか。
　今まで、彼女なんて名ばかりの扱いしかしてこなかった。
　優芽の前でだって、平気で他の女と接してきたのに……。

「え〜?　遥斗〜、なんで、わざわざ人気(ひとけ)のないところ行くの?　あ、もしかして、人がいたらできないことしに行くとか!?」
　文化祭の劇が終わったあと。

俺は早々に体育館を出て、いつも俺につきまとっている派手な女と一緒にいた。

　キャハキャハ楽しそうに笑う女。

　正直、相手をするのも面倒なタイプだ。

　俺はダルさも隠さずに歩きながら、コイツの話を聞き流していた。

　……てか、名前なんだっけ？

　そんなことを考えながらも、俺の足は、どんどん人気のない場所へと向かう。

　アイツ……優芽に見られたくない……無意識のうちにそう思っている自分がいることに最近気づいた。

　なんなんだよ、マジで……。

　心の中で、軽く舌打ちをした瞬間。

「ねぇ、遥斗……キスしていい？」

　そんな女の声が聞こえてきた。

「は？」

　そして、気がついたら……俺は、女にキスされていた。

　一瞬、優芽の顔が頭をよぎり、女を突きとばしたい衝動にかられた。

　けど……キスのひとつやふたつ、減るもんでもない。

　これまでだって、なんとも思ってないヤツとのキスもテキトーに受けいれてきた。

　そう思って、俺は、女からのキスを受けいれた。

　でも、やっぱり不快感しかなくて、俺は自分からキスを止めた。

「……ん……遥斗？　どうしたの？」
　不思議そうな顔で俺を見つめる女。
　まさか、拒否られるなんて思ってなかったんだろうな……。
　……バカだよな、俺もお前も。
　そう考えると、自嘲的な笑みがこぼれる。
　なんだかもう……すべてがどうでもよくなってきたんだ。
　そして、今度は……。
「……んっ」
　俺から女にキスをする。
　アイツを俺の頭の中から消してくれれば……誰でもよかった。
　キスを深めるほどに、
「……んっ、はる……と……」
　なんて、女から漏れる声。
　そんな女の甘ったるい声さえもが、不快にしか感じなかった。
　俺は女から唇を離し、軽くぬぐう。
「はる……と？」
　女は不思議そうな様子で俺の名前を呼ぶ。
　今までだって、こうやってテキトーに遊んできたのに。
　……なにかがちがった。
　消そうとすればするほど、優芽の顔が頭に浮かぶ。
　さっき舞台の上で、久々に近くで見た優芽の顔。
　こんな俺のこと、いい加減キライになったっておかしくないのに、俺を見つめる瞳は去年告白してきた時と変わっ

ていなかった。
「悪いけど、もうお前いらないから、電話とかしてくんな」
　俺はそれだけ言い残し、その場を離れた。
　うしろから女が俺の名前を呼んでいたが、それも無視して……。

　次の日。
　今日は、文化祭２日目。
　俺はダルさを感じながら学校へと続く道を歩いていた。
　……学校行く気分じゃねぇな……。
　そんなことを考えていた時。
　──～♪～♪
　ケータイの着信音が鳴り響いた。
　……メールか？
　俺はケータイを取り出し、受信ボックスを開く。
　……どうせ、昨日の女からだろ？
　そんな軽い気持ちで。
　けど、次の瞬間目に飛びこんできたのは……。
　優芽からの、別れのメールだったんだ。

突然の告白

【優芽 side】
　文化祭２日目を欠席し、翌日の朝。
　昨日の遥斗くんへのメールのことを考えると……私の足どりは、学校が近づくにつれ重くなっていった。
　遥斗くんから返信は来てない。
　きっと、別れを受けいれたってことなんだと思う。
　……亜衣子ちゃん……涼太、巧くん……私、とうとう言っちゃったよ……。
　遥斗くんと……別れちゃったよ……。

「あ、優芽！　昨日、なんでメールの返信しなかったの〜？心配してたんだからね！」
　教室に入ると、すぐさま亜衣子ちゃんが駆けつけて、私を叱る。
　その瞬間、我慢していた涙がポロポロと頬を伝うのを感じた。
「ど、どうしたのよ、優芽!?」
　突然泣きだした私を心配そうな表情で見つめる亜衣子ちゃんに、私はギュッと抱きついた。
「あ、亜衣子ちゃんっ……グスッ……わ、私……」
「……わかったから、話聞いてあげるからね、とりあえず、屋上行こう？」

嗚咽まじりでなんとか話をしようとする私を制し、亜衣子ちゃんはにこりと優しい笑みを浮かべて、そう言ってくれた。

「……はぁ〜!?　優芽から北川遥斗に別れようってメール送った……って……マジ……？」
　屋上に着いてすぐ、私は亜衣子ちゃんに昨日のことをすべて話した。
「……うん……」
　私はそうつぶやいてコクリとうなずく。
「……アンタって子は……やるときはやる女なのね。驚いたわ」
　亜衣子ちゃんはポカンと口を開けていたけど、しばらくしてそう言った。
「まぁ、北川遥斗と優芽がこれから先も付き合ってたとしても、優芽が幸せになれる保証なんてなかったから……私は正直、少しホッとしてる……」
　亜衣子ちゃんの真剣な気持ちがひしひしと伝わってくる。
「……でもね、優芽。ひとつ言っとくけど、自分にはいつでも正直でいなさい。……あとで後悔することがないようにさ……」
「う……ん……わかった」
　マジメな表情で言う亜衣子ちゃんに、私はうなずいた。
「よし！　とりあえず、この話は、終わり！　さ、優芽、教室戻ろっか？」

そう言って、優しく私に笑いかけながら手を差し出してくれる亜衣子ちゃん。
　　私はその手を軽く握ると、
「ありがとう。亜衣子ちゃんがいてくれて、本当によかった……」
　　ありったけの感謝の気持ち込めて、そう伝えた。

　　教室に戻ると、すでに授業は始まっていた。
　　私と亜衣子ちゃんは、先生に保健室に行っていたと言ってから、自分の席に腰をおろした。
　　すぐさまノートと教科書を開き、先生の話に耳を傾ける私。
　　でも、正直私の耳には、先生の言葉なんて一切入ってこなかった。
　　しばらくそんな状態で授業を受けていると、トントンと、うしろの席の三田さんから背中をたたかれる。
「これ、溝口からだよ」
　　私が振り向くと、三田さんは小さな声で教えてくれ、折りたたまれた紙を差し出してきた。
「ありがとう」
　　……溝口くんから？
　　なんだろう？
　　三田さんから紙を受け取って前に向き直ると、ペラッと開いてみる。
《元気ないみたいだけど、なんかあった？》
　　そこには、そんな言葉が書かれていて……。

私は思わず、溝口くんの席を振り返りそうになってしまった。
　授業中だったことを思い出し、踏(ふ)みとどまる。
≪大丈夫だよ。心配してくれてありがとう≫
　そして、それだけを紙に書くと、三田さんに頼(たの)んで溝口くんの席まで回してもらった。
　心配をかけちゃっていたんだ……。
　溝口くんって、結構まわりの人のことを見てるんだな。

「桜庭ちゃん、マジで大丈夫？　なんか疲れてるように見えたからさ、昨日も来なかったし……」
　授業が終わった休み時間。
　溝口くんは私のところにやってきて、そうたずねた。
「あはは、ゴメンね、ちょっと風邪気味で……具合悪くて」
　私は苦笑いを浮かべ、溝口くんを見る。
「そっか、風邪気味なんだ……。気をつけたほうがいいよ。また具合悪くなったら保健室行きなね？」
　そう言って、溝口くんは私の頭を軽くポンッとたたいた。
　そんな彼の行動に、私はクスッと笑った。
「……なんか、溝口くん、お父さんみたいだね」
「……え、お父さんって……せめて、お兄ちゃんぐらいにしてよ、桜庭ちゃん……俺、まだそんな年じゃないよ」
　ガクッと肩を落とす溝口くん。
「いや……ふふ。なんかゴメン……」
　そして、なかなか笑いが収まらない私。

「まぁ、桜庭ちゃんが笑ってくれてよかったよ。俺、桜庭ちゃんのこと好きだし、好きな人には笑顔でいてほしいじゃん？」

　照れたようにそう言うと、溝口くんはニコリと微笑んだ。
　……え？
　その瞬間、私はもちろん、教室中の空気がピタリと止まった気がした。
　……今……なんて？
「は？　なに!?　溝口って、桜庭ちゃんが好きだったん!?」
「てか、今のって告白……？」
「マジで!?」
　教室がざわめきはじめる。
「……えっと……あの」
　私は状況(じょうきょう)がのみこめず、ポカンとした表情を浮かべてそうつぶやいた。
「あ、今の冗談じゃないからね！　……よかったら俺のことも考えてみてよ？　もちろん、友達からで！」
「あ、うん……」
　溝口くんの勢いにつられて、私は気づいたらうなずいていた。
「キャー、生告白!?」
「やるな！　溝口!!」
「桜庭ちゃん、うらやましい!!」
　そんな声があちこちからあがる教室内で、一番驚いていたのは……。

「……マジ?」
　亜衣子ちゃんだったのかもしれない。

　それから、教室内がソワソワした雰囲気の中、午前中の授業が進められた。
　昼休みになると、私はクラス中の注目に耐えきれず、亜衣子ちゃんと一緒にまたもや屋上へ来た。
「私的には、そろそろアイツが動く頃だと思ってたけど……溝口ねぇ……」
　亜衣子ちゃんは、意味のわからない言葉をつぶやいている。
　……ちょっと、落ち着こう……。
　私はフーッと深く息を吐きだすと、頭の中で数時間前の会話を整理しはじめる。
　そして、数分後。
「私、もしかして……溝口くんから告白されたの……?」
　……ようやく理解した私。
　その瞬間に、カァーッと顔が熱くなった。
　……正直、うれしくないわけではない。
　今回の劇で一緒に練習して、溝口くんがすっごくいい人だってこともわかった。
　けど、今の私は……まだ遥斗くんのことしか考える余裕がない。
「優芽?　大丈夫……?」
　ふいに顔をあげると、心配そうな表情で私を見つめる亜衣子ちゃんの姿が目に入った。

「うん、あはは……ちょっと、ビックリしたけど……」
「……だね。正直、私もビックリした」
　そう言って、亜衣子ちゃんはクスリと笑みをこぼす。
「……ねぇ、優芽。優芽はどうしたい？」
　亜衣子ちゃんの真剣な声に、私は顔を伏せて頭を振った。
「いい人だと思う、けど、恋愛は……できないと思う……。
たぶん、これから先も……」
「そっか。それならさ、溝口は、友達からって言ってたけ
ど……見こみないなら、あんまり期待持たせるようなこと
しちゃダメだよ？」
「うん……」
　亜衣子ちゃんの言うとおりだ。
　変に期待を持たせてしまうより、ちゃんと話したほうが
いい。
　……私みたいに傷つく人を作りたくない。
　そう思って、私は教室に戻ったあと、溝口くんの机の中
にそっと紙を忍ばせた。
"放課後、校舎裏で話したいことがあります"
　それだけを書いて。

　放課後。
　教室を見まわすと、すでに教室内に溝口くんの姿はなく
て……。
　たぶん、私が指定した場所に向かってくれたんだと思う。
　……きちんと言わなくちゃ……。

私は深呼吸をして、教室から足を踏みだした。

「あ、溝口くん」
　思ったとおり校舎裏には、すでに溝口くんの姿があった。
「……よっ！　桜庭ちゃん。まぁ、だいたい予想はしてたけど……いい話ってわけではないよな……」
　あはは、と苦笑いを浮かべながら頬をかく溝口くん。
　そんな溝口くんに胸が痛んだ……けど、私は意を決して口を開いた。
「……ゴメンなさい……私、たぶん溝口くんのこと、友達としてしか見れないと思う……。好きな人がいるの……だから……」
　そこまで言いかけた、その時。
「ストップ！」
　突然、溝口くんが私にストップをかける。
　そして。
「……うん、なんとなくわかってた。桜庭ちゃんに好きな人がいること……」
　切なげにそう言った。
「溝口くん……」
「……でも、せっかく桜庭ちゃんと仲よくなれたのに気まずくなりたくないしさ、よかったらこれからも友達でいてくれない？」
　溝口くんはそう言って、にっこり微笑んだ。
「うん！　もちろん!!　……ありがとう」

溝口くんの優しさや気づかいが伝わってくる。
　……あぁ……本当にいい人なんだ……。
　溝口くんは、自分のことよりも人の気持ちになって物事を考えることができる。
　本当に……ありがとう……。
　私は、心の中でもう一度そうつぶやくと、溝口くんに向かってにっこりと微笑んだのだった。

【遥斗 side】
"別れよう"
　優芽からのそんなメールが、俺の頭を支配していた。
　……いつかは言われるだろうと思っていた、別れの言葉。
　覚悟(かくご)していたはずなのに、実際言われてみると……ショックだった。
　……なんで今さら、こんな気持ちになるんだよ……っ。
　今まで、優芽のことなんか構わず、たくさんの他の女と遊んでいたときには、一度もこんな気持ちを感じたことはなかったのに……。
　優芽が俺の手から離れていくことが、どうしても信じられない。
　いや……優芽が離れていくことを、俺自身が認めたくないのかもしれない。
「あ～!!　くそっ……イライラする……」
　結局、昨日はよく眠(ねむ)れなくて遅刻(ちこく)してしまった。

このイライラが収まる方法はないんだろうか。
　俺は軽く舌打ちをすると、自分の教室へと足を踏みいれた。
「ねぇ、ねぇ！　聞いた？　２組の溝口くんが桜庭さんに公開告白したんだって!!」
　教室に入ると、すぐに女子の甲高い声が聞こえてきた。
　……桜庭？
「ウッソ!?　マジで〜？」
「うん！　なんかいい雰囲気だったらしいよ」
「キャー、ダイタン!!」
　楽しそうに繰り広げられるそんな会話が、イヤでも俺の耳に入ってくる。
「桜庭さんって、たしか劇で人魚姫やってた子だよね？　おとなしい感じの……で、桜庭さんはなんて返事したの？」
「う〜ん。そのへんは、まだ曖昧らしいのよね〜」
　そう聞いて、ホッとしている自分がいることに気づいた。
　……なんで俺は安心してんだよ。
　これじゃ、まるで……俺が優芽のこと好きみてーじゃん……。
　そう考えると、ギュッと胸が痛んだ。

第2章
動きだした想い

空き教室での出来事

【優芽 side】

　遥斗くんと別れて、もうすぐ２週間が経とうとしている。

　10月も終わりが近づき、肌寒くなってきた今日この頃。

　あの日、告白をしてくれた溝口くんとは、すっかり仲のいい友達になっていた。

　遥斗くんとの別れも、私は少しずつだけど、受けいれはじめることができるようになってきた。

　それもこれも、亜衣子ちゃんをはじめ、みんなの支えがあったからだと思う。

「ね、クラスマッチなにに出る？　私はバレーにしようかな？　優芽はどうする？」

　休み時間、私の席に来てそうたずねた亜衣子ちゃん。

「私は……無難にバスケかな……？　バレーは、経験者多いからついていけなさそうだし……」

　私は苦笑いを浮かべて答えた。

　たしか亜衣子ちゃんは、中学の時バレー部に所属していたって言ってたしなぁ……。

　……そう、もうすぐ私の学校ではクラスマッチが行われるのだ。

　クラスマッチっていうのは、クラス対抗で行う球技大会のこと。

　１年から３年まで全クラスが参加して、競技は、男子が

バスケとサッカー。
　女子はバレー、バスケだ。
　ちなみに、現役で部活をやっている人は、その競技には出られないことになっている。
「俺はサッカーに出るから、応援に来てね！　桜庭ちゃん、亜衣子ちゃん！」
　溝口くんがニコニコと笑顔を振りまきながらそう言って、話に割りこんでくる。
「う、うん、もちろん」
「あ、悪いけど、私はパス。巧のバスケの応援に行かなきゃだし！」
　お誘いをバッサリ切った亜衣子ちゃんに、落ちこむ溝口くん。
「だ、大丈夫、溝口くん！　私は応援行くよ！」
　私は落ちこむ溝口くんをなんとか励ます。
　だって、ふたりとも断ったら、さすがにかわいそうだもんね。
「……いや、うん、なんか……ゴメン」
「そういえば、バスケ部は全員サッカーに出ることになるよね。涼太も出るんじゃない？」
　肩を落とす溝口くんを無視して、思い出したように言った亜衣子ちゃん。
「そうだね」
　なんでちがうクラスの涼太の話が出たかはわからなかったけど、仲がいいからかな？

そう思って、私はテキトーに話を流しておいた。

　その日の放課後。
「あ、亜衣子ちゃん。私、今日ちょっと図書室に行かなきゃならないから先に帰って！」
「大丈夫よ、それくらい待ってるから！　本を返すだけでしょ？」
「ありがと！　じゃあ、すぐに返してくるから!!」
　亜衣子ちゃんを待たせてはいけないと思い、私はすぐさま図書室へと急いだ。
　その途中、普段は使われていない空き教室の近くを通った時だった。
「……せよ」
「……じゃん？」
　誰もいないはずの教室から、話し声が聞こえてきた。
　不思議に思って、扉の隙間からそっと中をのぞきこんだ私。
　すると、すぐそこには……。
「……んっ、遥斗くん……」
　見知らぬ女の子にキスをする遥斗くんの姿があった。
「……っ」
　思わず固まってしまう。
　そんな私に気づかない遥斗くん。
　無性に泣きたくなった。
　──カタンッ。

私の手から持っていた本が滑り落ち、音を立てる。
　その瞬間、遥斗くんがキスをやめ、ゆっくりとこちらを振り返った。
　パチッ。
　遥斗くんと目が合った。
　一瞬、目を大きく見開いた遥斗くん。
　けど、すぐにいつものポーカーフェイスに戻ると……。
「……ふ〜ん？　今さら……のぞきにでも来たわけ？」
　冷たくそう言いはなつ。
　その言葉に、私はカァッと頬が熱くなった。
「……なっ、なんで遥斗くんにそんなこと言われなきゃいけないのよっ！　私は、ただ図書室に本を返しにきただけ！」
　今まで、遥斗くんにこんな言い方なんかほとんどしたことない私。
　あのケーキバイキングの日に、強く言ったくらいだ。
「あ、あの……遥斗くん、私、帰るね……？」
　さっきまで遥斗くんとキスをしていた女の子が気まずそうにそう言うと、そそくさと教室を出ていった。
　パタパタと足音を鳴らして去っていく女の子。
　そして、私と遥斗くんだけが残された。
　……なんで、こんなことになってるんだろう……？
　それより、亜衣子ちゃんを待たせてるし、早く戻らなきゃ！
　そう思って、急いで図書室に向かおうとした。
　すると。

──バンッ！

　耳もとでものすごい音が響き、遥斗くんの手が廊下の壁をついて私の行く手をはばんだ。

　驚いて振り向いた瞬間、目の前には、ドアップの遥斗くんの顔があって……。

　気がつくと……私は、遥斗くんにキスされていた。

「……んっ！」

　驚きで目を見開く私なんかお構いなく、唇を重ねる遥斗くん。

　もちろん、抵抗（ていこう）してはみたけど……男の子の力にかなうはずがない。

　……くるしっ……！

　どんどん深くなってくるキスに、私が息を吸おうと軽く口を開いた瞬間。

　スルリと、遥斗くんが舌を滑りこませてきた。

「……ふっ……」

　やだ……。

　遥斗くんの激しいキスに、だんだん意識が朦朧（もうろう）としてくる。

　そして、ようやく唇が離れた頃には……。

「……っ！　はぁ……っ……」

　肩で息をする始末。

「……なんで、いきなり、こんなこと……」

　そう言って、ぐいっと唇を袖でぬぐう私。

　遥斗くんは、冷たい表情で私を見つめていた。

　もう、なにがなんだかわからなかった。

遥斗くんの行動が理解できなくて……。
　気がつくと、涙が私の頬を伝って流れていた。
　はじめてのキス。
　大好きな遥斗くんと……って……ずっと憧れていた。
　だけど今は、『なんで？』って、驚きと疑問ばかりがあふれてくる。
「……のかよ」
　突然、遥斗くんがつぶやいた。
「え？」
「泣くほどイヤだったのかよ……」
　切なそうな表情を浮かべ、遥斗くんがそう繰り返す。
「は、遥斗くん……？」
　今までこんな表情をした遥斗くんを見たことがない私は、目を丸くした。
　そのとき、またもや遥斗くんが私に顔を近づけてきて……。
　ドキッ。
「……イヤだったら避けろ……」
　そう言って、もう一度私にキスをした。
　どうして……？
　私、イヤなはずなのに……。
　私は……そのキスを受けいれてしまっていた。

勝負と条件

　どうして……？　なんでなの？
　私は、空き教室での出来事を思い出し、頭をかかえていた。
　あのキスあと、すぐ我(われ)に返った私は、遥斗くんを突きとばした。
　そして、亜衣子ちゃんに≪先に帰る≫とだけメールを送り、さっさと帰ってきてしまったのだ。
　……私はどうして、遥斗くんのキスを受けいれたの？
　それに……どうして遥斗くんは、私なんかにキスしたの？
　……あの女の子の代わり？
　そう考えると、涙が頬を流れた。
「……バカみたい」
　本当にバカみたいだ。
　遥斗くんのあんなふざけた行動に翻弄(ほんろう)されて……私ばかりが、悩(なや)んで……。
　あんなことされたら、実感せざるをえない。
　まだ、私が……遥斗くんのこと……好きだってことを……。

　次の日。
　私は昨日の晩、遥斗くんのことを考えていたらなかなか眠れなくて。
「うわ……ど、どうしたのよ、その目のクマは……ヒドイわよ……」

教室に入った瞬間、亜衣子ちゃんに驚かれてしまった。
「あはは……ちょっとね……」
　私は苦笑いを浮かべつつ、そうごまかす。
「……まぁ……優芽が話したくなったら聞くからね？　あんまり無理しちゃダメだよ？」
　亜衣子ちゃんの優しさが、私の気持ちを少し落ち着かせてくれる。
「あ、そうだ！　今日から放課後と昼休みはクラスマッチの特訓するらしいわよ？　あと1週間後だし……ね！」
　そう言ってにこやかに笑う亜衣子ちゃんに、私は微笑み返す。
「がんばろうね？　優芽！」
「うんっ！」
　亜衣子ちゃんに励まされると、自然と元気になれる。
　……亜衣子ちゃん、今は話せないけど……ちゃんと話すから……。
　その時は、聞いてほしいな。
　私はそう思いながら、もう一度亜衣子ちゃんに向かって笑顔を見せた。

「桜庭ちゃん、パス！」
「はい！」
　その日の放課後、私はクラスのみんなとバスケの練習をしていた。
　友達の多い亜衣子ちゃんのおかげもあって、今年は去年

よりもスムーズにクラスの女の子たちと仲よくなることができている私。
　こうしてみんなと一緒になにかがんばるのは、すごく楽しい。
「今だよ！　シュート！」
　──ザシュ。
　ボールはきれいな弧を描いて、ゴールの中に吸いこまれていく。
「やった！　ナイスシュート！」
　そう言って、みんなでハイタッチをして盛りあがる。
　私たちのクラスのバスケチームは、みんな初心者なんだけど、和気あいあいとしててすごく楽しい。

「そろそろ帰ろっか？」
　１時間ほど練習をすると、私たちは帰りの準備を始めた。
「今日、がんばったね！　本番もこの調子でがんばろうね!!」
　水分補給をしながら、みんなでそんな話をしていると……。
「あれ？　桜庭さんもバスケなの？」
　うしろからトゲのある声が聞こえてきた。
「……菊池さん？」
　おそるおそる振り返ると、そこには、一緒に人魚姫の劇をした菊池さんの姿があった。
　……この人……ちょっと苦手なんだよね……。
　そう思いつつも、私は、
「う、うん……そうなの……菊池さんもバスケなんだね！

おたがいがんばろうね‼」
　と言って笑顔を向けた。
　すると。
「……悪いけど、ミミは中学の時、バスケ部だったの！　さっきの練習見てたけど、アンタたちみたいなヘタクソなチームに負ける気はしないわよ？」
　菊池さんはそう言って、ふふん、と鼻で笑う。
「……は？　なにアンタ、黙って聞いてれば……ちょっと失礼じゃない？」
「奈々ちゃん！」
　リーダーの柳沢奈々ちゃんが、菊池さんの言葉にカチンときたらしく、ジロリとにらみつける。
　奈々ちゃんとは２年で同じクラスになったけど、もともと亜衣子ちゃんの友達で、それがきっかけでよく話すようになって今では仲よし。
「奈々ちゃん、お、落ち着いて……」
　いきりたつ奈々ちゃんをなんとか抑えようとしたけど、
「あら？　本当のこと言ったまでじゃない〜？」
　と、菊池さんがさらに挑発してきて……。
「……へぇ〜？　じゃあ、勝負しましょうよ！　私たちが勝ったら、そうね……土下座でもして謝ってもらいましょうか？」
「ふ〜ん？　おもしろそうじゃない」
　あわてる私にお構いなしで、さらに話を進めていく菊池さんと奈々ちゃん。

近くにいた菊池さんのチームメイトも、私たちのクラスの子たちも、やる気満々といった感じ。
「じゃあ、ミミたちが勝ったら、桜庭さんには金輪際、遥斗に近づかないでもらうわよ？」
　キッと私をにらみつけた菊池さんは、そう言って奈々ちゃんを見つめた。
　どうしよう……だんだんおかしな方向になってきた……。
　菊池さんは私が遥斗くんと付き合っていたことを知らないはずだから、文化祭で相手役を演じたことを、そこまで根に持ってるってことだよね……。
　怖いな……。
　そう思うと同時に、昨日のキスのことがよみがえってきて胸がズキズキ痛みだす。
「遥斗？　北川くんのこと……？　残念だけど、北川くんなら優芽の……」
「あぁ‼　奈々ちゃん、その勝負受けよう！」
　……そうだ、奈々ちゃんは私が遥斗くんと付き合ってたってこと知ってたんだ。
　あやうく菊池さんにバレそうになったため、私はつい言ってしまった。
　……菊池さんの性格じゃ、いくら私と遥斗くんがすでに別れてるからって、付き合ってたことがバレたら、なにされるかわかったもんじゃない。
　不思議そうに私を見つめる奈々ちゃんをよそに、私は菊池さんに向かいあった。

「へぇ〜、結構自信あるんだ？　ま、いいけど……ちゃんと約束は守ってもらうわよ？」
　ニヤッと不敵な笑みを浮かべて、菊池さんはさっさとその場を離れていった。
「優芽？　どうしたのさ、あんな条件のんでよかったの？」
　奈々ちゃんがそう言って、心配そうに私を見つめる。
　私はそんな奈々ちゃんにニコリと微笑みかけ、
「大丈夫……私、もう遥斗くんと……別れたから」
　と言って、苦笑いを浮かべた。
「……!?　ウソ……優芽、あんなに北川くんのこと……」
　驚きで目を丸くする奈々ちゃん。
「……うん、でも……もう……疲れちゃった……。だから、菊池さんには『遥斗くんに近づかないで』なんて言われたけど、どっちにしろもうかかわることなんてないんだ……」
　そう言って、笑おうとしてみるけど、うまく笑えているかな？
　奈々ちゃんは切なそうな表情を浮かべたけど、それは一瞬のことで……。
「だからって、あの女との勝負、負ける気はしないからね!!」
　次の瞬間には、いつものハツラツとした笑顔に戻っていた。
　もしかしたら、奈々ちゃんに気をつかわせてしまったのかもしれない。
　それ以降、奈々ちゃんが遥斗くんの話題を持ちだすことはなかった。
　けど、その代わり……。

「よし！　打倒1組だよ!!」
　奈々ちゃんを中心として、菊池さんのチームに勝つための猛特訓が始まったんだ。

クラスマッチ

　１週間の猛特訓を経て、ついにクラスマッチ当日。
「いよいよだね……」
　ゴクリと誰かがツバを飲む気配を感じる。
　外の寒さを忘れてしまうくらい、熱気がこもる体育館の中。
　私たちのチームは今、第１試合を迎えようとしていた。
「……奈々ちゃん！　１回戦は、３組のチームだよ！　あの女のチームとは、うまくいけば３回戦で当たるみたい!!」
　チームメイトのひとりが、奈々ちゃんに駆けよってきてそう言っている姿が目に入る。
　……３回戦か……。
「よし！　みんな、とりあえず３回戦まで勝たなきゃ、あの猛特訓も意味がなくなるよ！　あれだけうちらのことバカにしてたあの女に、土下座させてやろう！」
「おう!!」
　奈々ちゃんの掛け声とともにチームの心がひとつになった瞬間だった。

「……よし！　パス!!　優芽、シュートよ！」
　奈々ちゃんの指示を仰ぎながら、試合を進める私たち。
　そのおかげか、なんと１回戦は10点以上の差をつけて勝つことができた。
　２回戦。

相手は、２年４組。
　このチームには、バスケ経験者がひとりいて、私たちはその子を徹底的にマークした。
　やっぱり、チームにひとり経験者がいると、全体的な動きにまとまりが出てくるみたい。
　結果は、なんとか私たちの勝ち。

「ふ〜ん？　なんとか勝ちあがってきたんだ？　まぁ、ミミたちに負けちゃうだろうけどね」
　そして、とうとうここまでやってきた。
　自信満々にそう言いはなつ菊池さんに、奈々ちゃんが、
「１週間前の私たちと一緒にしないでもらいたいわね」
　と言って、ジロリとにらみつける。
　まるで、バチバチと火花でも散ってるようだ。
「ま、せいぜいがんばって〜？」
　菊池さんは、キャハハとイヤミっぽく笑って去っていく。
「……みんな、ぶっつぶしてやりましょう？」
　そう言う奈々ちゃんから、黒いオーラが出ているのを感じる。
　……だ、大丈夫かな……？
　たらりと冷や汗が私の頬を伝った。

　そして、いよいよ試合開始のホイッスルが鳴り響く。
「奈々ちゃん！」
「ナイス！」

私が奈々ちゃんにパスをすると、奈々ちゃんはすばらしいドリブルで次々と相手を抜いていく。
　……奈々ちゃん、すごい！
　でも、そう思った瞬間。
　──パシッ。
　菊池さんにボールを取られてしまった。
「ふっ。しょせん、素人なんてこの程度よね」
　菊池さんは、私の横を抜けるときに、ボソリとそうつぶやいた。
「……っ」
　くやしさで唇を噛みしめる私。
　そして……。
　──ザシュッ。
「ミミ～！　ナイスシュート！」
　菊池さんはそのままシュートを決めた。
　チームの子たちと、ハイタッチを交わす菊池さん。
「奈々ちゃん……」
「な、なに？　優芽……？」
　そもそも、なんで私が菊池さんの目の敵にされないといけないわけ？
　そんな怒りを堪えながら声をかけた私に、驚いたように顔をひきつらせる奈々ちゃん。
「奈々ちゃん、次は、私にもパスをちょうだい……」
「う、うん」
　──ダムダム。

奈々ちゃんがドリブルでゴールに向かっていく。
　その横で、ファールすれすれで奈々ちゃんを邪魔しようとする菊池さん。
「優芽っ！」
　なんとかパスを出された瞬間……私はイライラが最高潮に達した。
　……ほんっと……。
「いい加減にしてよねっ！」
　そう叫んだ瞬間、私が手から放ったボールは、きれいな弧を描いてゴールへと吸いこまれていった。
「……ウソでしょ？」
　菊池さんのそんな声が聞こえる。
　たぶん、私がシュート決めるなんて思ってなかったんだろうな……。
「キャー！　優芽っ！　やっぱりアンタはやればできる子だわ！」
　奈々ちゃんにハイタッチされ、私もつられて笑顔になる。
　……さぁ、反撃開始だ。
「優芽、パス！」
「奈々ちゃん！」
　それからは、菊池さんが調子を崩しはじめ、だんだん相手チームの中でミスが目立つようになってきた。
　そのおかげで、私たちのパスがきれいに通り、着実に点差を広げていく。
　――ピーッ!!

「試合終了！」
　審判の合図で試合は終了。
　結果は、14点差で私たちの勝利だった。
「……っ、こんなの認めないんだから！　覚えときなさいよ！」
　菊池さんはそれだけ言い残すと、私たちに背を向けて去っていく。
　約束の土下座はされなかったけど、スッキリした顔をしているチームのみんな。
「まっ、勝ったし、アイツのくやしそうな顔見れてスッキリしたから、土下座は見のがしてやるわ」
　奈々ちゃんはそう言って、ケラケラと楽しそうに笑っていた。

「へぇ〜！　優芽、がんばったんだねぇ」
　驚いたように声をあげる亜衣子ちゃん。
「そうなのよ、亜衣子！　勝てたのも、菊池のペースを崩した優芽のおかげよ〜！　本当にスッキリした！」
　奈々ちゃんが私の活躍について熱く語っている横で、私は疲れて座りこんでいた。
　ちなみに、私たちのバスケチームは４回戦で負けてしまい、今はヒマを持てあましているのだ。
「亜衣子も応援に来ればよかったのに！」
　そう言って、亜衣子ちゃんの背中をバシバシたたく奈々ちゃんは、すごくうれしそうに見える。

「はいはい、たしかにね。……あ、優芽！　アンタ、涼太と溝口くんたちの応援行かなくてもいいの？　もうすぐ始まるみたいだよ、サッカー」

　亜衣子ちゃんが突然、思い出したようにそう言った。
「あ、忘れてた……」
　……そういえば、溝口くんと約束してたっけ。
　なんでそこに涼太の名前が出てきたのかは、わかんないけど。
　すっかり忘れていた私は、ガバッと勢いよく立ちあがる。
「私、ちょっと行ってくるね！」
「あ、私も……」
「奈々はいいから！」
　一緒に行こうとした奈々ちゃんを、なぜか亜衣子ちゃんが引き止めた。
「え？」
　私と奈々ちゃんは、一瞬不思議な顔をしたけれど……。
「……わかった。優芽、ひとりで行ってらっしゃい」
　奈々ちゃんはなにかを察したようにニヤリと笑い、私にそう言った。
　え？　なに？　どういうこと？
　って、早くしないと試合が始まっちゃう！
　ハッとした私は、亜衣子ちゃんと奈々ちゃんに手を振りながら駆け足でグラウンドへと急いだ。

サッカー対決!?

「わぁ、もう始まってるよ……」
　ようやくグラウンドに到着した私は、キョロキョロとあたりを見まわしてみる。
　涼太も、溝口くんも……どこにいるんだろう？
　そう思っていると。
「あ、桜庭ちゃんじゃん!!　やっぱり応援に来てくれたんだね？」
　ヒラヒラと手を振りながらこっちに駆けてくる溝口くんの姿が目に入ってきた。
「あ、溝口くん！　今、試合どうなってるかわかる？」
「今は、涼太が試合してるよ？」
「吉田くん！」
　溝口くんのうしろにいた吉田くんが顔を出し、グラウンドを指さしながら教えてくれた。
「ありがとう、吉田くんっ！」
　私は吉田くんにお礼を言うと、グラウンドに目を向けた。
　すると……。
「キャー!!　涼太くん、カッコいい！」
「こっち向いてー!!」
　……!?
　サッカーを見ていた女子の集団からそんな声が聞こえてきて、私は目を見張る。

……涼太って人気あるんだ……。
　そんな事実に驚きつつも、なんだか子どもを送りだす親のような……いや、弟を心配する姉の心境なんだろうか？
　少しだけ、さみしい気持ちが私の心の中を湧きあがった。
　……そうだよね、今まで遥斗くんばっかり目立ってたからなぁ……。
　涼太、黙っていれば普通にカッコいいし、モテないはずないよね……。
　──ザシュッ！
　ひとりで納得して感心している間に、涼太がシュートを決める。
　その瞬間、いちだんと女子たちの叫びが大きくなった。
「ほぉ～、さすが涼太！　いいシュート！　それに、すごい歓声だな」
　溝口くんが感心したように、ヒューッと口笛を吹く。
「……でも、やっぱりアイツにはかなわないみたいだけど？」
　そして、ニヤリと笑ってそう続けた。
　私はそんな溝口くんに首をかしげた。
　……アイツ？
　その時。
「キャー!!」
　第２グラウンドのほうから、ものすごい女子たちの叫びが聞こえてきた。
　なにごとかと驚いて、振り返ると……。
「キャー!!　遥斗く～ん!!」

「超カッコいい!!」
「がんばって〜!!」
　そんな声が響いてきた。
「やっぱ、北川のモテ方は半端ねーな……」
　と、うらやましそうにつぶやく溝口くん。
「……分けてもらえば？」
　そして、溝口くんに軽くイヤミを言う吉田くん。
　そんなふたりの会話さえ、私の耳には入ってこなくなる。
　……遥斗くん。
　ギュッと胸が締めつけられるような感覚が、私を襲った。
　……忘れたい……のに、忘れたくない。
　矛盾した気持ちが、私の胸の中に広がった。
　なんだかそれは、ひどく曖昧で……だけど、私の頭を支配する。
　……なんなんだろう。この気持ち……。
　私がそう思った時。
「あれ？　優芽じゃん！　応援に来てくれたわけ？」
　ポンッと軽く背中をたたかれた。
「……涼太」
　そこには、ニコニコと笑みを浮かべた涼太の姿があった。
「勝ったぞ！　試合、ちゃんと見てたか!?」
「お、おめでとう」
　『見てたか？』という涼太の問いにはあえて答えずに、私はニコリと笑みを浮かべてそう言った。
「……そういえば、亜衣子はどうしたんだよ？　アイツ〜、

やっぱり巧の応援しかしないってか?」
　そう言って、涼太はあきれたような顔をする。
「あ!　そういえば、次の試合もすぐなんだ。優芽も見とけよ?」
　そして、ニヤリと笑ってそう続けた。
「うん!　わかった!　応援してるからね」
　私が元気よくそう答えると、涼太は少し悲しそうな顔をして、
「……相手が遥斗のチームでもか……?」
　と、聞いてきた。

【涼太 side】
「……相手が遥斗のチームでもか……?」
　つい、そう聞いてしまった俺。
　すると、優芽は困ったように表情を曇(くも)らせてしまった。
　……っ、ちがう……俺は、優芽を困らせたいわけじゃないんだよ……。
　いくら遥斗と別れたからって、優芽の気持ちが遥斗から離れていないことぐらい百も承(しょう)知だ。
「冗談だよ、冗談!　でも、たぶん次の対戦相手は、遥斗のチームだと思うんだよな。負けたくねぇな〜!」
　わざと楽しそうに振るまってみせる。
「そ、そうなんだ……涼太、がんばってね!」
　ホッとしたような表情の優芽に、複雑な心境になる。

「ま、涼太もがんばれよ。俺は涼太を応援してるからな」
　突然、溝口がそう言って、ニヤリと笑った。
「……あぁ、任せとけ」
　溝口は、あの劇の時からなにかとしゃべるようになったんだ。
　……まぁ、主に優芽の話だけどな……。
　優芽のことが好きで告白したってことも、本人から聞いた。
　ちなみに今は、スッパリとあきらめたらしい。
　今では、仲のいい友達になった優芽と溝口。
　俺は溝口のことを、結構尊敬してるんだ。
　ったく、公開告白とかカッコよすぎだろ……。
　バカだけど、まわりに気をつかえるし、勇気もあるんだよな……。
　正直、優芽をとられるんじゃないかって本気で思ったし。
　まぁ、とられるって言っても、優芽にとって俺はただの友達でしかないんだけどな。
　自分でそう考えて、チクリと胸が痛んだ。
　まぁ……溝口より強力なライバルは……。
　俺はこちらに近づいてくる遥斗の姿を、チラリと見つめた。
　すると……。
　パチリ。
　目が合う俺と遥斗。
「……あんまり余裕でいると、そのうち足をすくわれるかもな……。俺はもう容赦しないぜ？」
　遥斗には聞こえないくらいの声で、そうつぶやく。

「……?　どういう意味?　てか、なんの話してるの?」
　不思議そうに俺を見つめる優芽に、
「こっちの話」
　と言うと、俺はもう一度遥斗を見た。
　遥斗は、機嫌(きげん)が悪そうにジロリと俺をにらみつけている。
　ったく、お前も素直じゃねぇよな。
　でも……俺だって負けねぇよ?
　俺は心の中でそうつぶやくと、遥斗から視線をそらし、試合が始まるグラウンドへと足を踏みいれた。

【優芽 side】
「……あんまり余裕でいると、そのうち足をすくわれるかもな……。俺はもう容赦しないぜ?」
　涼太のその言葉に、ドキリと胸が高鳴った。
　今の……どういう意味なの?
　まるで誰かに向かって念を押しているかのようなしゃべり方で、なぜか不安が押しよせる。
　涼太が試合のためにグラウンドに向かっている姿を、私は見つめていた。
「……よしっ!　応援行こうか?」
　溝口くんは、楽しそうにニヤッと笑って私を促(うなが)す。
「言うよな～、アイツ」
　吉田くんも感心したように涼太を見ていた。
　どうやら、ふたりにはさっきの涼太の言葉の意味を理解

しているみたい。
　……なんだか、疎外感を感じる……。
　私は思わずため息をつきそうになりながらも、溝口くんたちと一緒に涼太の応援に向かう。
　そして、私たちがグラウンドの隅にあるベンチに腰をおろした瞬間、試合開始のホイッスルが鳴り響いた。

「うわぁ……スッゴい」
　私は遥斗くんと涼太を交互に見ながら、感嘆の声をあげる。
　それもそのはず。
　さっきから、ふたりの活躍が半端ないのだ。
　涼太がドリブルでゴールに向かっていったと思ったら、遥斗くんがボールを奪い、遥斗くんがシュートしたボールを涼太がカットする。
　……そんな白熱した試合が繰り広げられていた。
「いや〜、涼太も北川もやるね？　てか、余裕なさすぎ……」
　溝口くんがあきれたようにつぶやくのを、私は隣で聞いていた。
　……余裕がない？
　なにに対して余裕がないんだろうか？
　たしかに、涼太はともかく……いつも冷静な遥斗くんがあんなに一生懸命になることなんて、あまりないかもしれない。
「ね、溝口くん。さっきの涼太の言葉って……どういう意味だったの？」

思わずたずねた私を、溝口くんはポカンとした表情で見つめる。
　……やっぱり……聞いちゃいけなかったのかな……？
　私はそう思って、小さく肩をすくめた。
「いや、ちょっと……涼太が哀れに思えるかも……」
　あはは、と苦笑いを浮かべた溝口くん。
「なんで……？」
　意味がわからない私は、眉をひそめる。
「……う〜ん、俺から言えるのは、桜庭ちゃんが見てるから、ってことくらいかな？　少なくとも、涼太はそう思ってるよ」
　そう言う溝口くんは、なぜかうれしそうに見えた。
　……私が見てるから？
「それって……？」
「悪いけど、俺から言えるのはそこまで。あとは桜庭ちゃん自身が涼太に聞きなよ」
「……私自身で……」
　正直、溝口くんがなんでそんなこと言うのかわからない。
　けど……。
「涼太シュート！」
「北川、こっち回せ!!」
　……がんばって!!
　心の中で湧きあがるのは、そんな気持ちばかり。
　懸命なふたりの姿を見ていると、応援したくなるんだ。
　その時。

「優芽！　試合どうなってる!?」
「奈々ちゃん……」
　あわてた様子で奈々ちゃんが走ってきた。
「……今、涼太と遥斗くんが……」
　そう言いかけて、グラウンドを見ると……。
　——ザシュッ！
「ナイス！　涼太!!」
　涼太がシュートを決めた。
「……っ」
　涼太のうれしそうな顔と、遥斗くんのくやしそうな顔。
　……どっちを応援すればいいの……？
「……亜衣子の予想どおりってわけか……」
　そんな奈々ちゃんの声が聞こえたけど、頭に入らなかった。
「……あと10分で試合終了だな……」
　ボソリとつぶやく溝口くんの声に、私はハッとして点数を確認する。
　涼太のチームが2点、遥斗くんのチームが2点……。
　……同点。
　ゴクリと、ツバを飲む。
「涼太！　負けんじゃないわよ!!」
　いつの間に来ていたのか、奈々ちゃんの横には亜衣子ちゃんが立っていて、涼太に声援を送っていた。
　ドクン、ドクン。
　鼓動が高鳴っていくのを感じる。
「涼太〜！　点入れろよ!!」

「がんばれ！」
　溝口くんも奈々ちゃんも、吉田くんも、亜衣子ちゃんだって……みんなが涼太を応援しているのがわかった。
　涼太にもがんばってほしいよ……。
　……でも、私、やっぱり……。
「は、遥斗くんっ！」
　その時、私の口から飛び出したのは……遥斗くんの名前だった。
「……優芽」
　亜衣子ちゃんが静かにそうつぶやく。
　私が遥斗くんの名前を呼んだ時、一瞬……ほんの一瞬だけだけど、涼太の動きが鈍った。
　そして……遥斗くんは、その瞬間を見のがさなかったんだ。
　──シュッ！
　あっという間に涼太を抜き去り、シュートを決める遥斗くん。
　その瞬間。
　──ピーッ!!
　無情にも、試合終了のホイッスルの音がグラウンドに響きわたった。

告白

「……涼太、お疲れ様」
　グラウンドから戻ってきた涼太に、私はそう告げて微笑んだ。
　亜衣子ちゃんや溝口くんも、涼太に声をかける。
　自分のクラスの応援が終わったのか、他の競技を見るためにグラウンドをあとにする人たちが、私たちの横を通りすぎていく。
　涼太はいつもの笑顔で、
「あぁ、ありがとな。負けちまったけどさ」
　と、残念そうにつぶやいた。
「あぁ〜、やっぱ遥斗にはかなわねーな」
　おどけてそう言う涼太。
　なんだか、その姿に胸がギュッと痛む。
「……そんなことないよ。涼太、がんばってたじゃん」
　思わず私の口からは、そんな言葉が漏れた。
「……そうか？　ありがとな。ま、今日は楽しかったし、満足、満足！」
　そう言うと、涼太はニコリと微笑んで私を見つめる。
　ドキン。
　その表情は、いつも私をからかう時のような笑顔じゃなくて……まるで、なにか大切なものを見つめるような眼差しだった。
　そんな涼太の表情に、不覚にもドキッとしてしまう私。

「あのさ、優芽……俺」
　涼太はなぜか、今まで私に見せたこともないような真剣な表情で話しはじめる。
「……？」
「……っ、ちょっと話があるからさ、こっち来て!!」
　顔を赤くした涼太は、私の手をつかむと走りだした。
「え？　ちょっと涼太!?」
　驚いて目を見張るこっちのことはお構いなしで、私を引きずるように走る涼太。
　そんな私たちのうしろからは、
「あら～、はずかしがらなくてもいいのに！　私たちのことは気にしないでいいのよ～！」
　なんて叫ぶ、亜衣子ちゃんの声が響いていた。

　涼太に連れられ、私は学校の校舎裏までやってきた。
　……な、なんだろう……話って……。
　私、なんか悪いことでもしたかな……。
　そんなことを考えていると、
「……俺さ」
　と、涼太は唐突(とうとつ)に語りだした。
「ずっと優芽に幸せになってもらいたいって……。他の誰かがお前のこと幸せにしてくれるなら、それでいいって思ってた……」
「……え？」
　意味がわからず、思わず聞き返してしまう。

「……だけど、お前がいつまでもそんな態度なら、俺も遠慮はしないからな……」

涼太がそう言葉にした瞬間、涼太の視線は、私のうしろに注がれていた。

……誰に言ってるの……涼太……。

私も涼太の視線をたどり、うしろを振り向こうとする。

だけど。

「……優芽、好きだ……。ずっと前から、俺はお前だけを見てたんだ……」

そんな涼太の言葉に、私は固まってしまった。

……涼太が私を……好き……？

……またいつもの冗談？　それとも、ドッキリ……？

そう考えて目を見張っていると。

「……言っとくけど、ドッキリでも冗談でもねーからな」

「……!!」

涼太はあきれたようにつぶやいて、ため息をこぼした。

「ま、いいや。とりあえず、俺の言いたいことはそれだけだからさ」

「……う、うん」

驚きを隠せない私は、コクリと涼太に向かってうなずいた。

すると、私のうしろをにらみつけた涼太。

そして……。

「悪いけど、遥斗、いくらお前でもこれ以上優芽を苦しめるなら黙っておかないからな」

涼太はそう言いはなった。

い、今……遥斗って言った……？
　今度こそ、私はうしろを振り返った。
「……は、遥斗くん」
　そこには、たしかに遥斗くんの姿があって……。
　思わず胸が高鳴ったけど、涼太の告白を聞いてたかな？と思うと複雑な気持ちになる。
「……ったく、お前も素直じゃねーよな。気になってるなら、もっと素直にならないと……」
　つぶやくように言って、再びため息をつく涼太に、遥斗くんは軽く舌打ちをして視線をそらした。
「ま、悪いけど、俺も言ったからには引く気はないからな」
　もう一度遥斗くんを見すえてそう言いはなった涼太は、今度は私を見つめて、
「優芽。優芽もきちんと考えてみて……俺は本気だからさ」
　と、優しい笑みを浮かべながら言った。
　そんな風に言われたら、私もうなずくしかなくて……。
　それに、涼太があまりにも愛しい人でも見るかのように私を見つめるから……不覚にも私は、顔をまっ赤にしてうつむいてしまった。
　そんな私のうしろで遥斗くんがどんな表情を浮かべているかなんて、怖くて確認できなかった。

【遥斗 side】
「優芽。優芽もきちんと考えてみて……俺は本気だからさ」

そんな涼太の素直な言葉に、耳をまっ赤にする優芽。

 ここからじゃ見えないけど、きっと顔もまっ赤になっているんだろう。

 ……正直、かなりイラついた。

 こんなに素直に自分の気持ちを言える涼太が、心底うらやましく感じる。

 涼太とのサッカーの試合中に、

『は、遥斗くんっ！』

 と、ためらいがちに叫んだ声が聞こえて……見ていなくても誰だかわかってしまった。

 てっきり涼太を応援していると思っていた俺は、すごくうれしくて……。

 自分でも、結構単純なヤツだと感じるほど。

 試合が終わり、涼太が顔を赤くして優芽をどこかに連れていった時、どうしようもない不安にかられた。

 もちろん、今でも優芽の心が俺に残ってるなんて思っていない。

 けど、涼太にとられたくなかったんだ。

 独占欲？　子どもがおもちゃを取られた時の感覚？

 ……そう問われれば、そうなのかもしれない。

 正直、俺自身さえよくわからない感情が渦巻いていた。

 ……そして、そのあと涼太の告白を聞いた瞬間、気づいたんだ。

 この、子どもじみた独占欲の意味を。

 ……俺、優芽が好きなんだ……。

揺れる心

【優芽 side】

　涼太から告白をされた次の日の朝、私は学校へ続く道をひとりで歩いていた。

　あの時の真剣な涼太の顔を思い出すと、簡単に答えを出せない自分がいる。

　……でも、涼太の告白を思い出すと同時に、遥斗くんの顔が頭をよぎるのも事実なんだ。

　いつも私のことを考えてくれる、優しい涼太。

　遥斗くんとのこともいろいろ心配してくれたし、相談にものってくれた。

　自分のことより、人のことを優先する。

　……そんな涼太が好きだ……。

　けど、それは果たして、恋愛としての"好き"なのだろうか？

　私の恋愛経験値は、人並み以下。

　そもそも遥斗くんがはじめての彼氏だったし……。

　告白されるのも、溝口くんを入れて、ふたりめ。

「……どうすればいいんだろう」

　私はそうつぶやくと、ハァ……とため息をこぼす。

　その時。

「あれ？　優芽じゃん！　はよっ!!」

　うしろから元気のいい声が響いた。

聞き慣れた声に、おそるおそる振り向いてみると……涼太の姿があった。
「……はは、おはよ……」
　……なんか、タイミング悪いかも……。
　そう思い、気まずくて顔をそむける。
「あ、今日俺、数学の教科書忘れたんだよね〜。悪いけど貸してくれない？」
　そんな私にお構いなしに、涼太はニコニコと私に笑顔を向けた。
「う、うん……いいけど」
　私がおずおずと答えると、
「サンキュ」
　と、うれしそうに言って笑う涼太。
　……涼太、いつもどおりだな……。
　もしかして、私のほうが考えすぎなのかな……？
　思わずそう考えてしまうほど、いつもと変わらない涼太に……まるで、昨日の出来事はすべて夢だったかのような気持ちになる。
　すると。
「……言っとくけど、俺が優芽に告白したからって気まずくなるのはイヤなんだよな。だからさ、優芽もあんまり意識しすぎんなよ？」
　突然涼太がそう言って、私を見つめてきた。
　私は目を見開く。
　……気まずく思ってること、気づいてたんだ……。

「う、うん……」
「まっ、少しは意識してもらわないと、俺も困るんだけどな!」
　ケラケラ笑いながらそう言う涼太に、私も自然と笑みがこぼれる。
「返事はいつでもいいからさ。優芽の気持ちが決まるまで待つつもり」
「うん、わかった……ありがとう」
　そんな涼太の優しさが、素直にうれしく感じた。

「「優芽!!」」
「亜衣子ちゃん、奈々ちゃん、おはよう」
　廊下で涼太と別れ、私は自分のクラスに向かって歩いていた。
　その途中、亜衣子ちゃんと奈々ちゃんが、顔をほころばせてうれしそうに私の名前を呼んできた。
　……なにかあったのかな？
　私はきょとんとした表情で、そんなふたりを見つめた。
「今、涼太と一緒に来てたわよね？」
　亜衣子ちゃんの言葉に、私はコクリとうなずく。
「じゃあ、優芽は涼太と付き合うことにしたのね!?」
　今度は目をキラキラ、いや、ギラギラ光らせて、奈々ちゃんが言う。
「……っ、付き合ってないよ!?」
　私はあわててブンブンと首を横に振った。

「は？」
「え？」
　すると、亜衣子ちゃんと奈々ちゃんは、同時にポカンとした表情を浮かべ、私を見つめる。
「……え？　優芽、もしかしてアンタ、昨日涼太から告白されてないの……？」
「え!?　なんで亜衣子ちゃんがそのこと知ってるの……!?」
　亜衣子ちゃんの言葉に、私は目を見開いた。
「……どうやら告白は済ませたらしいわね……涼太……」
　少しホッとした感じで、そうつぶやく亜衣子ちゃん。
　……なんで私が告白されたこと知ってるんだろう……。
　そんな疑問を浮かべながら、私は亜衣子ちゃんと奈々ちゃんを交互に見つめた。
「涼太は気持ちを伝えたのに、付き合ってないって……優芽、もしかして涼太のことフッたの!?」
　今度は奈々ちゃんのすっとんきょうな声が廊下に響きわたる。
　その声に反応した他の生徒たちが、なにごとかと私たちに視線を向けた。
「バカッ！　奈々！　声が大きい!!」
「ゴメン、ゴメン！」
　バシンッと、亜衣子ちゃんが奈々ちゃんの背中をたたいてたしなめる。
「……で、優芽。奈々の言ってたことも気になるけど……」
　ちらりと私を見つめ、亜衣子ちゃんは黙りこんだ。

そんな亜衣子ちゃんに、私は、
「亜衣子ちゃん、全部話すよ。あとで聞いてくれる？」
　　と言って、にっこり微笑んだ。

「ふ〜ん、じゃあ、涼太への返事は保留にしてもらったってわけか……」
　　奈々ちゃんが、メロンパンにパクつきながら納得したようにうなずく。
　　今は昼休み。
　　私と奈々ちゃん、亜衣子ちゃんは、屋上で昨日の出来事について語りあっていた。
「うん。涼太の気持ちはすっごくうれしかった……。涼太と付き合ったらきっと、幸せになれるんだろうな……って思う……けど……」
　　そこまで言うと、私はうつむく。
「……北川遥斗のことね。ねぇ優芽、そのことは、優芽がフッたことで決着がついたんじゃないの？」
　　亜衣子ちゃんのその問いに、私はフルフルと首を振った。
「あの時は、そう思ってた……。でも、クラスマッチの時に、私が本当に応援したいと思ったのは……遥斗くんだったの……」
「……そっか……」
　　亜衣子ちゃんが静かにつぶやく。
　　すると。
「ねぇ、優芽。それって、もう答え出てるんじゃない？」

突然、奈々ちゃんが真剣な顔で聞いてきた。
「……え？」
「……っ、奈々！」
　亜衣子ちゃんが、奈々ちゃんに向かって大きめの声を出す。
「……ゴメン、亜衣子。私、やっぱり無理だわ……。優芽にも涼太にも幸せになってもらいたい……けど、好きって気持ちが一番大切だと思うから……」
　顔を歪めて、奈々ちゃんは亜衣子ちゃんに言う。
　そして、私に向き直ると、
「……優芽、優芽が今、一番会いたい人は誰？　一番……隣にいてほしい人は？」
　と、静かに問いかけてきた。
　……私が……今、一番、会いたくて……一番、隣にいてほしい人？
　そんなの決まってるよ。
「そして、優芽が一番笑顔になってほしい人は……誰？」
　そんなの……。
「……遥斗くん……」
　私は、なぜか込みあげてきた切なさを堪えながら、ポツリと言う。
「ね、答えは出てるじゃん？」
　ニコリと優しく微笑んだ奈々ちゃん。
「…………」
　私たちの間に、しばらく沈黙(ちんもく)が流れた。
　その間、私の中をいろいろな思いが交錯(こうさく)する。

奈々ちゃんが気づかせてくれた気持ち。
　遥斗くんに会いたい。
　隣にいてほしい。
　それはつまり……私がまだ、遥斗くんを好きってこと。
　遥斗くんのことしか、考えられないってこと。
　遥斗くんに……一番笑顔になってほしい。
　だけどそのためには、今のままじゃダメだ。
　こうして逃げてるだけじゃ……ダメなんだ。
「ねぇ、亜衣子ちゃん、奈々ちゃん……私、やっぱり遥斗くんに、ちゃんと自分の気持ちを伝えたい」
　本当の気持ちを伝えるのは、正直怖いけど……。
「優芽、また傷つくかもしれないのよ？」
　すると、私の目をまっすぐ見て、亜衣子ちゃんはそう言った。
「……うん。でも……もう逃げるのはイヤなの。どういう結果でも、伝えられないことで後悔したくない。……だから、行ってくるね」
　そこまで言うと、私は立ちあがり、屋上のドアに向かって歩きはじめる。
「……優芽っ！　私は優芽が決めたことなら、全力で応援するから、がんばって！」
「奈々ちゃん……」
　うしろのほうからそんな奈々ちゃんの声が聞こえ、思わず私は振り返った。
「……はぁ、わかった。私も、優芽が言うなら応援するか

ら!　早く行って伝えておいで」
「亜衣子ちゃん……ありがとう」
　ふたりの言葉に背中を押され、私は大好きな人のもとへと駆けだした。

伝えたい言葉

「……遥斗……くん……」

私は屋上を飛び出し、校舎内を駆けまわっていた。

遥斗くんに会いたい……その一心で……。

けど、教室、食堂、中庭……どこを探しても遥斗くんは見つからない。

……遥斗くん、どこにいるの？

その瞬間、私の頭の中である場所が浮かんだ。

もしかして……。

私はすぐに、その場所へと向かうために階段を駆けあがった。

──バンッ。

「……遥斗くんっ!!」

私がたどりついたのは……前に遥斗くんを見かけた、あの空き教室だった。

入り口から、キョロキョロと中を見まわす私。

普段使う人なんかいない空き教室は、物置き代わりにされているのか、この前よりも机やイスがたくさん置かれていた。

……ここじゃなかったのかな？

そう考えて肩を落とすと。

──スー、スー。

ドアから少し離れた壁際から、誰かの寝息がかすかに聞

こえてきた。
　……だ、誰かいるの？
　私はおそるおそる、教室の中に足を踏みいれる。
「……え？」
　そこで寝ていたのは、私が会いたくてたまらなかった……遥斗くんだった。
　気持ちよさそうに寝息をたてる遥斗くんを見た瞬間、私の顔が自然にゆるむ。
　私は遥斗くんを起こさないように、そっと横にしゃがみこむ。
　サラサラとしたキレイな髪。
　肌だって、そこらの女の子なんかよりキレイ。
　それに、寝顔だからか、いつもより少しだけ幼く見える。
「……ねぇ、遥斗くん……。私、遥斗くんのこと……やっぱり好きみたい……」
　そんな遥斗くんに、私はつい伝えたかった言葉を漏らしていた。
「私と付き合ったことだって、あの日のキスだって……遊びだってわかってる。だから、遥斗くんのことはまだ好きだけど……もうかかわらないようにするから……ねぇ、お願い。ひとつだけ教えて……。あの時、どうして私を選んだの？」
　そこまで告げると、涙があふれてきた。
「……遥斗くんだったら、女の子なんて選び放題だったはずでしょ？　告白だって、いっぱいされてたでしょ？」

ポタポタと、遥斗くんのシャツに涙のしみができる。
　悲しくて、ツラくて……遥斗くんと付き合ってからも、不安な日々の連続で……。
「……なんてね。寝てるんだから、聞いたって答えてくれるはずないか……」
　ポツリとつぶやくと、立ちあがる。
「……遥斗くん、ありがとう」
　それだけ言い残し、私は教室の出口に向かって歩きだした。
　その時。
　ガシッ。
　腕をつかまれた。
　驚いて振り返ったとたん、
「……言い逃げかよ」
　と言って、顔を赤くした遥斗くんの姿が目に入る。
　……も、もしかして……。
　私はあまりの驚きで口をパクパクさせて、遥斗くんを見つめる。
「ぜ、全部っ……」
　……聞いてたってこと？
　はずかしさのあまり、顔がまっ赤に染まる私。
「あぁ、聞いてた」
　サラリとそう答える遥斗くんに、私はガクッと肩を落として顔を伏せた。
　……穴があったら入りたいです。
「優芽」

ドキン。
　突然、遥斗くんが私の名前を呼ぶ。
　ただ……それだけのことなのに、私の心臓は、簡単に反応してしまう。
　ふと顔をあげると、パチリと視線が絡みあった。
「……俺、最近気づいたことがあるんだ……」
「気づいたこと……？」
　私は首をかしげながら、遥斗くんの話に耳を傾けた。
「あぁ……。優芽から別れを切り出されてから……なんか物足りないって思う自分がいることに気づいた……」
　そう言う遥斗くんの切なげな表情に、私は目を見張る。
　こんなに弱った遥斗くんの姿を、見たことがなかったから。
「……涼太と仲よさそうにしてる姿を見て、イラついた……。アイツがお前に告白してるときなんて……最高にイライラして……」
　ギュッと、私の腕を握る力を強めた遥斗くん。
　そして。
「俺、たぶん、お前が好きだ……。今まで、優芽のことほったらかしにしてた俺が言うのもおかしいけど……」
　それだけ言うと、遥斗くんは私をギュッと抱きしめて……。
「……優芽を選んだのは、気まぐれだと思ってた……。どうせ、すぐ別れるって。でも、心の底で優芽と別れたくないっていう思いがあった……。ま、結局は、俺のワガママで優芽を傷つける結果になったんだけどな……」
　ゆっくりと、つぶやくようにそう言った。

……ウソ……。
　目の前の遥斗くんの言葉や行動すべてに、私は驚きを隠せないでいた。
　遥斗くんと、こんなにちゃんと話したのも久しぶり……いや、初めてかもしれない。
「……遥斗くん……ありがとう、すごくうれしい……」
　今まで傷ついたことが、なにもかも消えるわけじゃないけど……。
　それでも……遥斗くんを好きって気持ちは、変わらないと思うから……。
　私の言葉に、遥斗くんは優しい笑みを浮かべて。
「もう一度、俺にチャンスちょうだい？　……優芽、好きだ……。俺と付き合ってください」
　はっきりと告げると、私に優しいキスを落とした。

郵便はがき

| お手数ですが切手をおはりください。 |

１０４-００３１

東京都中央区京橋1-3-1
八重洲口大栄ビル7階

**スターツ出版（株）　書籍編集部
愛読者アンケート係**

(フリガナ)
氏　名

住　所　〒

TEL　　　　　　　　　　　携帯／PHS

E-Mailアドレス

年齢　　　　　　　　　　　性別

職業
1. 学生（小・中・高・大学(院)・専門学校）　　2. 会社員・公務員
3. 会社・団体役員　4. パート・アルバイト　　5. 自営業
6. 自由業（　　　　　　　　　　　　　　　　）　7. 主婦　　8. 無職
9. その他（　　　　　　　　　　　　　　　　　　　　　　　　　　）

今後、小社から新刊等の各種ご案内やアンケートのお願いをお送りしてもよろしいですか？
1. はい　　2. いいえ　　3. すでに届いている

※お手数ですが裏面もご記入ください。

お客様の情報を統計調査データとして使用するために利用させていただきます。
また頂いた個人情報に弊社からのお知らせをお送りさせて頂く場合があります。
個人情報保護管理責任者:スターツ出版株式会社　販売部 部長
連絡先:TEL 03-6202-0311

愛読者カード

お買い上げいただき、ありがとうございました！
今後の編集の参考にさせていただきますので、
下記の設問にお答えいただければ幸いです。よろしくお願いいたします。

本書のタイトル(　　　　　　　　　　　　　　　　　　　　　　　　　　　)

ご購入の理由は？　1. 内容に興味がある　2. タイトルにひかれた　3. カバー(装丁)が好き　4. 帯(表紙に巻いてある言葉)にひかれた　5. 本の巻末広告を見て　6. ケータイ小説サイト「野いちご」を見て　7. 友達からの口コミ　8. 雑誌・紹介記事をみて　9. 本でしか読めない番外編や追加エピソードがある　10. 著者のファンだから　11. あらすじを見て　12. その他(　　　　　　　　　　　　　　　　　　　　　　　　　　　　　)

本書を読んだ感想は？　1. とても満足　2. 満足　3. ふつう　4. 不満

本書の作品をケータイ小説サイト「野いちご」で読んだことがありますか？
1. 読んだ　2. 途中まで読んだ　3. 読んだことがない　4.「野いちご」を知らない

上の質問で、1または2と答えた人に質問です。「野いちご」で読んだことのある作品を、本でもご購入された理由は？　1. また読み返したいから　2. いつでも読めるように手元においておきたいから　3. カバー(装丁)が良かったから　4. 著者のファンだから　5. その他(　　　　　　　　　　　　　　　　　　　　　　　　　　　　　　　　)

1ヵ月に何冊くらいケータイ小説を本で買いますか？　1. 1～2冊買う　2. 3冊以上買う　3. 不定期で時々買う　4. 昔はよく買っていたが今はめったに買わない　5. 今回はじめて買った

本を選ぶときに参考にするものは？　1. 友達からの口コミ　2. 書店で見て　3. ホームページ　4. 雑誌　5. テレビ　6. その他(　　　　　　　　　　　　　　　　　　　　)

スマホ、ケータイは持ってますか？
1. スマホを持っている　2. ガラケーを持っている　3. 持っていない

学校で朝読書の時間はありますか？　1. ある　2. 今年からなくなった　3. 昔はあった　4. ない

ご意見・ご感想をお聞かせください。

文庫化希望の作品があったら教えて下さい。

学校や生活の中で、興味関心のあること、悩みごとなどあれば、教えてください。

いただいたご意見を本の帯または新聞・雑誌・インターネット等の広告に使用させていただいてもよろしいですか？　1. よい　2. 匿名ならOK　3. 不可

ご協力、ありがとうございました！

涙のその先に

　——キーンコーンカーンコーン。

　空き教室を出て、遥斗くんと別れたあと、すぐに５時間目の授業開始を告げるチャイムが鳴った。

　私はあわてて教室に入り、自分の席に腰をおろす。

　……ギリギリセーフ。

　急いでカバンの中から教科書とノートを取り出し、机の上に準備をする私。

　……その間も、さっきの遥斗くんのセリフや表情が頭に浮かんでしょうがなかった。

　遥斗くんが、私を好きだと言ってくれたなんて。

　そして、また付き合えることになったなんて……。

　なんだか夢を見ているようだけど、あの時の幸せなキスの感覚は残ったまま。

　胸のドキドキもなかなか収まらなくて、必死に頭を落ち着かせた。

　そしてふと、亜衣子ちゃんと奈々ちゃんの座っている席に視線を向ける。

　……ふたりには、あとでちゃんと報告しなきゃ。

　ふたりが支えてくれたから、遥斗くんに素直な気持ちを伝えることができたんだから。

　そう思うと、なんだか心があったかくなるのを感じた。

　……そして、ふいにあることが私の頭をよぎった。

涼太に、あの時の告白の返事をしないといけないんだ……。
　……伝えることが怖くないと言えば、ウソになる。
　もしかしたら、もう今までのように仲よくできなくなるかもしれない。
　けど、涼太はそれも承知の上で、本当にまっすぐ私への気持ちを伝えてくれた。
　……だから、今度は私も涼太のように、正直な気持ちを伝えたい。
　心の底からそう思った。

【涼太 side】
「……涼太、ゴメンなさい……」
　放課後の校舎裏。
　俺の前には、ひどく落ちこんだ優芽の姿があった。
「いや、大丈夫、話聞いてくれただけでうれしかったしさ」
　落ちこむ優芽を気づかい、俺は笑顔を作った。
　……まぁ、返事はだいたいわかってたしな。
　優芽がまだ遥斗を好きなことも、遥斗が優芽のことを気にしていることも……。
　それから、なんとなくだけど……クラスマッチの日の遥斗と優芽の様子を見たら、コイツらは不器用なだけで、そのうちうまくいくだろうって思っていた。
　それがあったから、遥斗を焦(あせ)らせるような真似をしたってのもある。

もちろん悲しくないわけじゃない。
　優芽は、ずっと、好きだった女の子。
　でも今は、なんだかすがすがしい気分なんだ。
　大好きな優芽が、幸せになってくれればいい。
　それに……フラれたけど、自分の気持ちを伝えたことでスッキリした。
　優芽が俺の気持ちに真剣に向き合って答えを出してくれたってことも、わかるから。
「優芽、これからもずっと友達だからな！　それに、遥斗がイヤになったら言えよ？　俺がいるからな」
　なんて、茶化すように明るく言う。
　すると、優芽は少し笑顔を見せてくれた。
　……優芽にはずっと、笑顔でいてほしい。
　俺は心の中でそうつぶやくと、優芽に向かってもう一度笑みをこぼした。
　優芽！　幸せになれよ……。

【優芽 side】
　今日で、涼太に告白の返事をしてから２週間が過ぎようとしていた。
　涼太にもきちんと気持ちを伝えることができた私。
　今ではすっかり元の関係に戻り、毎日楽しい日々を送っている。
　遥斗くんともう一度付き合うようになったとみんなに報

告したのは、涼太に返事をした次の日。
『もう、心配したよ!』
『優芽ー!!　よかったね!』
『おめでとう』
　亜衣子ちゃんを始め、奈々ちゃん、溝口くんもまるで自分のことのように喜んでくれた。
　今の私がいるのは、支えてくれたみんなのおかげ。
　本当に感謝してもしきれないくらいだ。
　……そして、遥斗くんとは……。
「優芽、今度の日曜日、部活午前中で終わるし、午後からどっか出かけないか?」
「うん、行きたい!」
　部活がない日は、一緒に帰ったり近場に出かけたりと、ふたりで過ごす時間が増えた。
　……少し前なら、考えられなかっただろうな。
　こんな日が来るなんて……。
　そう思うと、あらためて今の自分が幸せなのだと実感する。
　ねぇ、遥斗くん。
　あの時、私を選んでくれて……ありがとう。
　隣を歩く遥斗くんを横目に、心の中で、そっとつぶやいた。

第3章
見えない絆

ライバル登場!?

「遥斗くん！ おはよ！」
　ニコリと微笑み、あいさつをする私。
「……はよ」
　そして、ぶっきらぼうだけど私の目を見て、返事してくれる遥斗くん。
　こんな普通の朝の光景も、私にとってはうれしすぎる出来事のひとつ。
　桜庭優芽、高校３年生になりました！
　遥斗くんともう一度付き合いはじめてから、約半年。
　順調に楽しく過ごしているんだけど……。
　どうやら、私の不安はまだまだつきそうにない。
　だって、遥斗くんは……。
「遥斗せんぱ～い！ おはようございますぅ！」
「先輩！ こっち向いてくださいっ!!」
「カッコいい!!」
　……今年の新入生にモテモテなのです。
　もう、新学期に入ってから１ヶ月以上経ったのに、毎朝なんなのよ……。
　登校中から教室に入るまで、ずっとこれ。
　一緒にいられる時間を邪魔されて、思わずガクリと肩を落とす。
　それに、私が一緒に歩いていてもお構いなしの彼女たち

に、だんだん嫌気が差してきている。

 でも……遥斗くんは少し変わった。

 ちょっと前の遥斗くんなら、女子に呼ばれただけでホイホイついていくのが当たり前だったのに……。

 最近はまったくそんなこともなくなったし、なにより私に対してすごく優しくなったんだ。

 ……そんな、遥斗くんの些細な変化がうれしい今日この頃です。

「じゃあ、今日、放課後部活だから……」

 私のクラスの前。

 遥斗くんとは、3年生でもクラスが離れてしまった。

 だけど、今まで一緒にいられなかった分、少しでも一緒に過ごしたい。

 そう思って、
「うん！　帰る前に応援しに行くよ!!」

 と言う私。

 すると、遥斗くんは優しく笑って……、
「待ってる」

 と返事をして、ポンッと頭を軽くなでてくれた。

 ドキン。

 遥斗くんの行動に、思わず顔をまっ赤にしてうつむいてしまう私。

 遥斗くんが自分の教室に行ってしまったあとも、なかなか顔の熱が引かなくて……。

「優芽は、朝からラブラブね」
「本当にねぇ〜。あぁ、私にも早く春が来ないかなぁ……」
　なんて、今年も一緒のクラスになった亜衣子ちゃんと奈々ちゃんにからかわれる始末。
　さらに。
「桜庭ちゃん、おはよ〜！　奈々ちゃん、彼氏欲しいなら俺なんてどう？」
　最近、親しみやすいキャラからチャラいキャラに進化しつつある溝口くんまで同じクラス。
「却下」
「ガーン!!」
　奈々ちゃんの厳しいお言葉に、溝口くんは大げさなリアクションで笑いを取る。
　……なんだかんだで、お似合いじゃないかな？　あのふたり……。
　私はクスクスと笑いをこぼしながら、心の中でそう考えていた。
　そして。
「あ！　涼太じゃ〜ん！　おっはよ〜！」
　溝口くんの声に、振り返ってみると……。
「おぉ……はよっ！　みんな勢ぞろいで……てか、溝口は朝からテンションたけーな」
　若干、苦笑いを浮かべた涼太の姿が見えた。
「涼太、おはよ」
「おう、おはよ！　優芽もなんか楽しそうだな？」

ケラケラと笑いながら、私にあいさつをしてくれる涼太。
　そう、今年は、涼太も同じクラスなんだ。
　私、亜衣子ちゃん、涼太、溝口くん、奈々ちゃんが１組で同じクラス。
　遥斗くん、巧くんは３組。
　亜衣子ちゃんは、巧くんとクラスが離れてから……ややテンションが低い。
　よく、『巧と溝口チェンジして？』なんて言っている。
「……そういえば、例の１年生はどうなったわけ？」
　ふと、亜衣子ちゃんが私の目を見つめて思い出したようにそう聞いてきた。
　その時。
「遥くん、いますかぁ〜？」
　教室の入り口のほうから、かわいらしい声が響いてきた。
　思わずビクリと反応してしまう私。
　そんな私を横目で見た涼太が、声の主に向かって、
「……乃愛ちゃん、遥斗は３組にいるんじゃない？」
と言った。
「あ、涼太先輩！　おはようございますっ！　わかりましたー！　教室に行ってみますね！」
　涼太にかわいい笑顔を向け、去っていく女の子。
　……実は、この子こそが、私の中で今もっとも近づきたくない人なんです。
　その子がパタパタと教室を去っていくと、ようやく私もフーッと胸をなでおろす。

「優芽～、ビビりすぎだよ」
「そうそう！　相手は後輩(こうはい)なんだから、そんなに構えなくてもさ？」
　亜衣子ちゃん、奈々ちゃんにそう言われ、私も曖昧にうなずいた。
「でも、百武乃愛(ひゃくたけ)ちゃん……やっぱ、ダントツかわいいよな？」
「お前は優芽の気持ち考えろ、バカ！」
　溝口くんの言葉に、奈々ちゃんの蹴(け)りが炸裂(さくれつ)したのは言うまでもない。
　そんなふたりのやりとりに、私は苦笑いを浮かべながらため息をつく。
　……さっき遥斗くんを訪ねてきた女の子は、１年生の百武乃愛ちゃん。
　茶色っぽいゆるふわな髪。
　パッチリとした愛らしい目。
　ピンク色の唇。
　つまりは……かなりの美少女。
　そして、遥斗くんのイトコでもあり、バスケ部のマネージャーでもあるのです。
　もちろん、それだけだったら私だってこんなに不安を感じることはないんだけど……。
　問題は、乃愛ちゃんが……遥斗くんを大好きってこと。
『アンタなんかに、遥くんは渡(わた)さないんだから!!』
　入学式の日にそう啖呵を切られたことは、今でも忘れら

れない。

　今日は遥斗くんがうちのクラスにいなかったから、まだよかったけど……。

　もしいたら、私に見せつけるように遥斗くんにくっついていたんだろうなぁ。

　遥斗くんはよく１組に来てくれていて、乃愛ちゃんは『１年の教室に近いから』って理由で、遥斗くんを探しているときは必ず先にうちのクラスに立ちよる。

　だけど、本当はそんな理由じゃなくて……私に見せつけるためなんじゃないかな、なんて思ってしまったり。

　……それに、遥斗くんもイトコだからか、乃愛ちゃんにだけはかなり優しくて……。

　正直、心配でたまらない。

　いつか、乃愛ちゃんに遥斗くんをとられてしまうんじゃないかって。

　私がそう思って、落ちこんでいることに気づいたのか……。
「優芽、心配すんな。遥斗は乃愛ちゃんのこと、妹みたいなもんだって言ってたし、もう昔のアイツじゃないだろ？」

　ニコリと優しく微笑んで、私を励ましてくれる涼太。
「うん……そうだね」

　そんな優しい涼太の気づかいに、私も自然と笑顔になれる。
「そうよ！　涼太の言うとおり！　あの１年に北川遥斗をとられないように、がんばんなよ！」
「私たちは、優芽の味方だからね！」

　微笑む亜衣子ちゃんにも、応援してくれる奈々ちゃんに

も……たくさんの人に支えられていることを、私はあらためて実感した。

　放課後。
　私は奈々ちゃんとともに、バスケ部の応援をするために体育館へと向かっていた。
　……ちなみに、亜衣子ちゃんは、
『今日は巧と帰るから！　ゴメンね〜』
　と、うれしそうに巧くんのクラスへと行ってしまい……。
『優芽、私がついていくよ？』
　と言ってくれた奈々ちゃんの言葉に甘えることにした。
「にしても……すごい人数だよね〜、これって、ほとんど北川くんの応援なわけ？」
　奈々ちゃんが目を丸くして、あきれたようにそうこぼす。
　私は苦笑いを浮かべながら奈々ちゃんを見つめた。
「そういえば、すごいカッコいい１年生が入ったってウワサも聞いたよ？　バスケもめっちゃうまいらしいじゃん」
　狙っちゃおうかな〜、なんておどけて言う奈々ちゃんに、私はクスリと笑みをこぼす。
　その時。
「遥く〜ん！　はい、タオル」
　そう言って、遥斗くんにかわいらしい笑顔を向ける乃愛ちゃんの姿が目に入った。
「あぁ、乃愛、サンキュー」
　そして、乃愛ちゃんに向かって優しく微笑む遥斗くん。

ズキン。
「……あ！　ねぇ、優芽！　ほら、涼太もいるよ!!」
　私が落ちこんでいるのを察したのか、奈々ちゃんがあわてて涼太がいるほうを指さす。
「……そうだね」
　私はこれ以上心配をかけないように笑みを浮かべて、奈々ちゃんの指すほうを見つめた。
　乃愛ちゃんのことばかり気にして、落ちこんでも仕方ないよね。
　遥斗くんにとっては、イトコなんだし……。
「涼太～！　がんばれー!!」
　奈々ちゃんの言葉に気づいた涼太が、こちらに向かってヒラヒラと手を振る。
　その瞬間、ギロリと涼太ファンの女の子たちからにらまれてしまった。
　そうだった、一緒にいるとつい忘れちゃうけど、涼太もすごくモテるんだ。
「……奈々ちゃん、少し静かにね」
　まったくそんな視線に気づかない奈々ちゃんに、私はハァ……と軽いため息をつく。
「……あの、そこ邪魔なんですけど」
　すると突然、うしろからそんな声が聞こえ、私は振り返った。
「あ、すみません」
　そこには、まだ少し幼さが残った顔立ちの男の子が立っ

ていた。
　……1年生かな？
　体操着(たいそう)を着ているから、きっとバスケ部の部員なんだろう。
「入るのに邪魔だったよね……ゴメンね」
　そう言って、もう一度謝ってニコリと微笑む私。
　そんな私をジロリと見すえた男の子は、
「……わかってんなら、最初からたむろってんじゃねーよ」
　と、聞こえるか聞こえないかぐらいの小さな声でボソリとつぶやいた。
「……え？」
　あまりの驚きで、私はポカンとする。
　そして、とまどって奈々ちゃんのほうを見た。
「わぁ、かわいい〜！　キミ、バスケ部なの？」
　すると、ようやくこの男の子の存在に気づいた奈々ちゃんが、キラキラした目を向けてそう聞いた。
　さっきの言葉は、奈々ちゃんには聞こえなかったみたい。
「はい、新入部員です」
　……そして、さわやかな笑みを浮かべて愛想(あいそ)よくそう答える男の子に、私は目を見張った。
　私に対してと、態度がちがいすぎない？
「キャー、優芽!!　この子かわいい！」
　興奮して私の背中をバシバシたたく奈々ちゃんに、
「そ、そうだね……」
　と、私は曖昧な笑みを浮かべることしかできない。
　……さっきのって、幻聴(げんちょう)だったの？

そう思ってしまうくらい、男の子は相変わらずさわやかな笑みを浮かべていた。
「名前、なんていうの？」
　ワクワクした様子で、奈々ちゃんはたずねる。
「１年３組、桐谷湊（みなと）です。……えっと、先輩ですよね？ 先輩は、名前なんて言うんですか？」
　そう言って、ニコリとかわいらしい笑みを浮かべる男の子……湊くん。
「私は柳沢奈々。こっちは桜庭優芽、３年だよ」
　奈々ちゃんは、あっけからんとそう答える。
　その瞬間、湊くんは目を見開き、驚いたような表情で私を見つめた……ような気がした。
　けど、それも一瞬のこと。
　なんだったんだろう？　カンちがいかな？
　そう思って、私が軽く首をかしげていると。
「おい、なにやってんだよ！　……って、湊じゃねーか」
　いつの間にか、涼太が少しあわてたようにこちらに近づいてきて、目を見張った。
　どうやら、私と奈々ちゃんが誰かに絡まれてると思ったらしい。
「あ、兄ちゃん……わりぃ、練習遅れた」
　湊くんがそう言ったとたん、私も奈々ちゃんもピタッと固まってしまう。
　……兄ちゃん……？
「あれ？　言ってなかったっけ？　優芽には言ったよな、弟

がバスケ部に入ったって」
　不思議そうに私を見つめる涼太。
「あ、そういえば聞いたね。でも、まさかこの子だなんて思わなくて……」
「本当、まさか涼太の弟だったなんてね～」
　驚く私と奈々ちゃんに、涼太は苦笑いを浮かべた。
「まぁ、あんまり似てないしな～。コイツ、母親似だから」
　たしかに、涼太と湊くんはあんまり似ていないように感じる。
　……湊くんのほうが、かわいい感じの顔だしね。
　私と奈々ちゃんが、納得したようにうなずいていると。
「兄ちゃん、もしかして兄ちゃんが好きだった女って……コイツなわけ？」
　湊くんが私を指さして、遠慮のない言葉を放った。
「湊、てめっ……！」
　あわてたように湊くんを見つめる涼太。
「ふ～ん？　マジなんだ？」
　そして、湊くんはケロリとした表情でジロジロ私を見つめる。
　奈々ちゃんにいたっては、苦笑いを浮かべ、
「み、湊くん。そういうことは、あんまり言わないほうがいいんじゃない？」
　と、湊くんをたしなめてくれた。
「ねぇ、アンタなんで兄ちゃんフッたわけ？」
　奈々ちゃんの気づかいもむなしく、ズバリと私に質問し

てくる湊くん。
「湊、いい加減にしろ！　優芽、悪いな……気にしないでくれ」
「涼太、だ、大丈夫だよ」
　涼太は心配そうに私に声をかけてくれた。
　その時。
「優芽」
　凛とした声が体育館内に響いた。
「は、遥斗くん」
　そっちを見なくても、すぐに誰かわかる。
「来てたんなら、声くらいかけろよ？」
　そう言う遥斗くんに、『だって……乃愛ちゃんとイチャチャしてたから……』なんてこと、言えるはずもない私。
「うん」
　そう言って、うつむくしかなかった。
　だって、遥斗くんのうしろから乃愛ちゃんが近づいてきてきているし……。
「遥くんっ！　もう、なんでいきなり乃愛を置いていくのよ！」
　乃愛ちゃんはジロリと私をにらみつけると、遥斗くんにニコリと微笑みかけた。
「……なんなのよ、あの小娘……。優芽、あんな小娘に北川くんをとられちゃダメよ！」
　耳もとで奈々ちゃんにそう言われ、私は曖昧にうなずく。
「……にしても、涼太、湊」

「は、はい、遥斗先輩！」
「……おう」
　遥斗くんに急に名前を呼ばれ、湊くんは焦ったように、涼太は苦笑い気味に返事をした。
「練習そろそろ始めるから、さっさと準備しろよ」
「……はい」
「わかってるって」
　遥斗くんは、もう一度ふたりを見つめると、くるりと私のほうを振り向き、
「優芽、遅くなるかもしれないから、先に帰っていいからな？」
　と、優しい言葉をかけてくれる。
　キュン。
　そんな遥斗くんの言葉が、私にはたまらなくうれしいんだ。
　去年までだったら、信じられなかったセリフ。
「う、うん……。遥斗くんも、練習……がんばってね」
「あぁ、サンキュー」
　ニコリと笑って軽く手を振ると、遥斗くんは自分の練習へと戻っていく。
「……っ、遥くん！　待ってよ」
　くやしそうな表情を浮かべた乃愛ちゃんも、遥斗くんのあとに続いた。
「ふふっ、いい気味！　北川くんの彼女は優芽なんだから、小娘の入る隙間なんか、これっぽっちもないんだからねーだ!!」

「な、奈々ちゃん……」
　さっきまで機嫌が悪そうに乃愛ちゃんをにらみつけていた奈々ちゃんが、楽しそうに言った。
「……アンタって、遥斗先輩の彼女なわけ？」
　奈々ちゃんの言葉に、驚いた表情の湊くん。
「……ま、まぁ……一応……」
　「ふ〜ん……」と、疑わしげな目つきの湊くんに内心ショックを受けつつも……怒ったような真剣な表情にドキリとする私。
　……な、なに……？
「ほら、湊！　さっさと練習戻るぞ！」
　涼太が湊くんを引っぱっていってくれて、思わずホッとしてしまった。

ウワサと告白

　次の日の朝。
　結局昨日、私は、乃愛ちゃんの視線が気になって遥斗くんの練習途中で帰ってしまった。
　……はぁ……やっぱり待っとけばよかったかな……？
　そう思って、深いため息をひとつこぼす。
　大会も近い遥斗くんは、今日から朝練で一緒に登校できなくて……さみしくひとりで登校する私。
　……今頃、乃愛ちゃんと一緒にいるのかな？
　そう考えると、憂鬱な気分になった。
　その時。
「……あれ？　桜庭ちゃんじゃん！　おっはよ～」
　うしろから元気のいい声が響きわたった。
「あ……溝口くん、おはよ」
　振り向くと、朝からやけにテンションの高い溝口くんの姿が見える。
「あっれ～？　元気ないじゃん、桜庭ちゃん」
「そうかな？　……そんなことないけどな」
　あはは、と苦笑い気味にそう答える私をじっと見つめて、溝口くんはニヤリと笑う。
「わかった！　昨日なんかあったんでしょ？　北川のバスケの応援行った時とかに」
　……溝口くんは、まわりを見ていないようで見ているか

ら困る。
　私は軽くため息をついてからコクリとうなずくと、乃愛ちゃんのことをすべて話した。
「ふ～ん。つまり桜庭ちゃんは、その1年に北川をとられたくなくてヤキモチやいてるわけか」
　……うっ。
　溝口くんのあまりにも直球な意見が、私の胸にグサリと刺さる。
　昔は涼太が空気読めないキャラだったのに、最近大人っぽくなった涼太とは逆に、溝口くんがズバッと言うようになった。
　まぁ、こういうところも溝口くんのいいところだと思うけど……私的には、もう少しオブラートに包んでもらいたいかも……。
「で、桜庭ちゃんはどうしたいの？」
「……え？」
　ふいにそう言った溝口くんに、私は首をかしげる。
　すると溝口くんは、ハァ……とため息をついて、
「だーかーら！　桜庭ちゃんは、その1年をどうしたいわけ？　ほら、北川に近づけたくないとかさ、なんかいろいろあるっしょ!?」
　と、勢いよく言った。
　私はポカンとした表情を浮かべる。
「……べつに……どうかしようとは……思ってないよ？」
「……？」

溝口くんは、不思議そうな顔で見つめる。
「たぶん……ただ、不安なだけなんだ……。いつか、乃愛ちゃんに遥斗くんをとられちゃうんじゃないかって……」
　私はクスリと笑ってそう続けた。
　……そう、結局は、自分自身の問題なんだよね……。
「……桜庭ちゃん……」
　溝口くんがポツリとつぶやく。
　たぶん、心配してくれてるんだろうな……。
　そう思うと少しうれしくなった。
「……心配かけちゃってゴメンね……。でも私、後悔しないようにがんばるから！」
　……だから、心配しないで？
「てか、北川の彼女は桜庭ちゃんなんだからさ、もっと自信持ちなって！」
　溝口くんのそんな励ましに、私も笑顔を向けた。

　教室に着くと、私は自分の席に腰をおろして軽く息をついた。
　溝口くんと話をして、少し気分がラクになったかも……。
　自然と笑みがこぼれる私。
　そんな中。
「優芽っ!!」
「あ、亜衣子ちゃん、おはよ」
　めずらしく焦った様子の亜衣子ちゃんが、私の席に近づいてくる。

「……どうかしたの？」
　そうたずねて、きょとんとした表情を浮かべる私に、
「アンタ、北川遥斗と別れたって……マジ!?」
　と、衝撃的な言葉をこぼす亜衣子ちゃん。
「……え？」
　そして……私はピタリと固まってしまった。
「別れたって、どういうこと？」
　ひどく心配そうにそう聞いてくる亜衣子ちゃんに、私は首をフルフルと横に振った。
　どういうことなのか、自分でもさっぱりわからない。
　……けど、遥斗くんに別れを切り出された覚えがないのはたしかだった。
　首を振る私に安心したのか、亜衣子ちゃんは軽く胸をなでおろすと、
「……ウワサで聞いたのよ、北川くんが１年と付き合いはじめたって……」
　と、ポツリと言った。
「……そっか、そんなウワサ……流れてるんだ」
　きっと、ウワサになってる相手は乃愛ちゃんだと思う。
　ズキリと胸は痛んだけど、バスケ部でも一緒にいるし、乃愛ちゃんはあんなにわかりやすくアピールしてるし……誰でもカンちがいするよね……。
　泣きそうになる気持ちを、どうにか抑えこむ。
「……優芽、ウワサなんて気にしちゃダメだよ。大事なのは、まわりじゃなくて自分自身だよ！」

そんな亜衣子ちゃんの励ましに、私はうなずいた。
「あ、優芽！　今日、一緒に帰らない？　買い物でも行って、パアッとストレス発散しちゃお！」
「ありがとう。でも、今日はちょっと用事あるんだ……」
「そっか。じゃあ、また今度行こう」
　優しく笑う亜衣子ちゃんの誘いを、つい断ってしまった私。
　本当は、用事なんてないのにね。
　亜衣子ちゃんに迷惑かけたくないって気持ちが半分。
　今はひとりになりたいって気持ちが半分……。
　溝口くんのおかげで、せっかく取り戻しかけていた"がんばろう"っていう気持ちも薄れていく。
　ウワサになるくらい、ふたりの距離は近いのかな。
　それとも……もしかしてそのうち、ウワサが本当になってしまうのかな？
　そんなことだけが気がかりだった。

　放課後。
「亜衣子ちゃん、奈々ちゃん、また明日ね」
　私は心配そうな亜衣子ちゃんと奈々ちゃんにヒラヒラ手を振り、教室をあとにする。
　……奈々ちゃんもウワサ知ってたんだ。
　亜衣子ちゃんの隣で心配そうにしていた姿を見て、そう思った。
　でもね……明日からは普通にできるから、大丈夫だよ？
　だから、心配しないで？

私は、そう心の中でつぶやいた。
　よしっ！　なんか、食べて帰ろうかな!!
　気合いを入れてから、歩きだす。
　なに食べようかな〜？
　なんて、考えながら廊下を歩いていると……。
　——ドンッ。
「……っ!?」
「いっ……」
　曲がり角で誰かにぶつかり、バランスを崩して倒れてしまった。
　そんなに痛くはなかったけど、驚いて目を見張る。
「大丈夫ですか？　って……あ？　アンタか……」
　最初、優しそうにニコリと笑って、手を差しのべていたのは……。
「……湊くん」
　涼太の弟の湊くんだった。
　昨日といい、今日といい……他の人にはすごく優しいのに、なんで私だけこんな扱いなんだろうか……。
「……ちっ」
　舌打ちまでする湊くんに、私も苦笑いを浮かべる。
「……み、湊くんは今日、部活あるの？」
　とりあえず、フレンドリーに話しかけてみたけど……。
「今日は大会が近いから、２、３年の先輩だけなんだ。１年は、今日は休み」
「そ、そうなんだ」

「…………」
「…………」
　会話も全然続かない。
　……どうしよう。
　あわてる私をよそに、冷静な表情でこっちを見つめる湊くん。
　そして。
「あ、そういえば、アンタ遥斗先輩にフラれたわけ？　別れたってもっぱらウワサだけど？」
　ズキン。
　湊くんは唐突に、あきれたようにたずねてきた。
　まさか、湊くんの口からそんな言葉が飛び出すとは思ってもいなかった。
「…………」
　黙りこんでしまう私に、湊くんはフッと嘲るように笑う。
「バッカじゃないの？　まず、そもそもアンタ程度のレベルでうちの兄ちゃんフるとか、マジありえねーから」
　そして、イヤそうにそう言いはなった。
「……え？」
　兄ちゃんって……涼太……のこと？
　いきなり話題が涼太に移ったことに、ポカンとする私。
「ったく、兄ちゃんも兄ちゃんだよ、なんでこんなんを好きになったわけ？　俺には理解できねー」
　涼太くんはそうつぶやくと、ハァ……とため息をこぼした。
「……えーっと……」

私が言葉を詰まらせていることさえも、湊くんはイライラするみたいで……。
「んだよ、言いたいことあんならはっきりしろよ！」
　ケンカ腰で、そう怒鳴られてしまう。
「す、すみません」
　あまりの迫力(はくりょく)に、つい敬語で謝ってしまったけど、よくよく考えれば……。
「私、一応先輩だよね……？」
「あ!?」
「……なんでもないです」
　結局は、湊くんの剣幕(けんまく)についつい謝ってしまう私がいた。
「……俺はな、本当に尊敬する人じゃなきゃ、本気で先輩なんて思わねーんだよ。わかったか!?」
　……湊くんのキャラが読めない。
「ふぅ……。まぁわかってると思うけど、正直俺は、アンタがキライだ」
　少し落ち着きを取り戻した様子の湊くん。
　まさか、そんなストレートに言われるなんて思ってもいなかったけど……。
「……えっと、うん」
　とまどいながらそう答える。
「……兄ちゃんをフッたこと、今さら後悔しても遅(おそ)いんだからな」
　さっきからの湊くんの言葉に、私はピンときた。
「湊くん、涼太のこと大好きなんだね」

「……は？　なにふざけたこと言いだしてんの？　当たり前だろ、兄ちゃんは俺の憧れなんだ。遥斗先輩も憧れだけど、兄ちゃんが上。なに？　バカにしたいわけ？」
　軽蔑したようにそう言う湊くんに、私はニコリと微笑みかけた。
「……ううん、涼太はいい人だから、私もその気持ちわかるよ」
　遥斗くんとのことも、ずいぶんお世話になったし……。
　今も仲よくしてくれる涼太には、感謝の気持ちでいっぱいだ。
「……当然だろ。てか、アンタにそんな風に言われなくてもわかってるつーの」
　すると、湊くんはプイッとそっぽを向きながらも、うれしそうに答える。
　……本当に涼太のこと尊敬してるんだな。
　私はそう思って、もう一度湊くんに微笑みかけた。
　湊くんが私にだけ冷たかった理由も、わかった気がする。
　たぶん、涼太を傷つけた私が許せないんだ。
　私は、涼太だけじゃなく……湊くんまで傷つけたんだね。
　そう考えた瞬間、私の口から、
「……あのね、湊くん……私、ずっと遥斗くんのことが好きだったの……」
　と、そんな言葉が漏れていた。
「は？　突然なにを言いだすわけ？　俺はそんなこと聞きたいわけじゃ……」

そこまで言いかけ、ピタリと固まる湊くん。
　きっと、私が今にも泣きだしそうな顔でもしてたんだろう。
　そのあとの湊くんは、静かに……ただ、私の話に耳を傾けてくれていた。
　遥斗くんとの出会い、別れ……涼太からの告白……。
　今まであった出来事を、包み隠さず湊くんに話した。
　なぜか、わからないけど……。
　湊くんには、話しておかなければいけない……。
　そう思ったから。
　すべてを語り終わり、湊くんを見つめると、驚いた様子もなく、ただじっとなにかを考えているようだった。
　そして。
「アンタの話はわかった。……プッ。アンタ、ちょっとやりすぎなんじゃね……ククッ……もう、我慢できねぇ……」
　そう言うと、湊くんは肩をふるわせて笑いだした。
「……え？」
　あきれられることを予想していた私は、まさかの湊くんの反応に、思わずポカンとする。
「遥斗先輩にビンタって、俺ならおそろしくてできねーわ。しかも、遥斗先輩を１回フッたって……ある意味すげーよ、アンタ……」
　いまだに笑いを堪えているのか、湊くんの肩はかすかにふるえていた。
「……いや、まぁ……ありがとう？」
　……今の、ホメられたんだよね？

「いやいや、ホメてねーから、アンタのその性格、最初は作ってんのかと思ったけど、マジなんだな」
「……？」
「いや、よくわかんないなら、それでもいいんだけどさ……」
　そう言い、ハァ……と、疲れた様子でため息を漏らす湊くん。
　……なんだかよくわかんないけど、少しは仲よくなれたのかな？
　そう思うと、私は、素直にうれしい気持ちになった。

意外な女

【湊 side】
『は？ 兄ちゃん、フラレたわけ!?』
　これが、約半年ほど前に俺のもとに飛びこんできたビッグニュースだった。
『……ま、最初から結果は見えてたんだけどな？』
　そう言って、ケラケラといつものように笑おうとする兄ちゃん。
　なんだかいたたまれなかった。
　兄ちゃんをふるなんて……ありえねーだろ？
　昔から明るくて優しくてカッコいいと評判だったし、バスケだって超うまい。
　ふるならまだしも、フラれたことなんかなかったはずだ。
　そんな兄ちゃんを、俺はすごく尊敬していたし、兄ちゃんは俺の自慢だった。
　だから許せなかったんだ。
　兄ちゃんをこんな風に落ちこませた女が。
『なぁ、兄ちゃん。兄ちゃんをフッた女の名前は……？』
　そして、ついその女の名前を聞きだしていた俺。
『……名前？　なんでだよ。お前が女の名前聞くなんて、めずらしいじゃん』
　訝しげにそう言う兄ちゃんに、一瞬ヒヤリとする。
『いや、兄ちゃんをフッた女の名前くらい、弟として知っ

『ておきたいしさ』
　『……ま、いいけど？　……名前は……』
　いまだに兄ちゃんは、俺を怪しんでいる様子。
　でも、名前はちゃんと聞きだせた。
"桜庭優芽"
　兄ちゃんはその女の名前を呼ぶとき、やわらかい笑みをこぼした。
　……兄ちゃん、本気でその女のこと……。
　桜庭優芽……ぜってー兄ちゃんをフッたこと後悔させてやる。
　俺は、そう決心していた。

　その日から、俺の猛勉強が始まった。
　兄ちゃんが通っている高校は、そこそこの進学校。
　もともとは、兄ちゃんと同じ学校に行く気はなかった……というか単純に成績が足りなかった俺。
　もう11月に入っているというのにいきなり志望校を変えた俺に、担任も驚いていた。
　俺は必死に勉強した。
　親に頼んで塾に行かせてもらうくらいに……。
　『湊！　やっと勉強する気になったのね。母さん、うれしいわ‼』
　と言う母親を尻目に、俺は軽くため息をついた。
　俺の場合、これまでは勉強していなかっただけで、やればできる人間だったらしく、塾に１ヶ月も通うと、模試の

判定で兄ちゃんの学校の合格圏内に入ることができた。
　その時の母親の喜びようといったら……今、思い出しても顔がひきつりそうになるほど。
　もちろん、受験本番の結果も合格だった。
　たぶん、一生分の勉強をした気がする。
『湊、おめでとう！　バスケ、一緒にがんばろうな!!』
　つい先日まで怪しんでいた兄ちゃんでさえ、素直に祝福してくれて、すごくうれしかった。
　……こうして俺は、兄ちゃんの通う高校に入学することになったんだ。
　兄ちゃんをフッた"桜庭優芽"に会うために。

　入学して1週間が過ぎた頃。
　俺はまだ"桜庭優芽"を見つけることができないでいた。
　兄ちゃんをフッたくらいだから、相当の美人だろうと見こんでいた俺。
　学校でもウワサの的のはず！と考えていた俺の期待は、あっさりと裏切られたのだった。
『……ちっ、見つかんねー』
　イライラする日々が続いていた、5月。
　もしかしたら、この学校じゃないんじゃ……。
　なんて思いはじめていた頃、あの体育館で見つけることができたんだ。
　その日、担任に呼び止められ、部活に行くのが遅れてしまった俺は、体育館への道を急いでいた。

……この時間帯、いつも混んでるからイヤなんだよな。

少し離れた所からでも聞こえてくる黄色い声に、俺はゲンナリと肩を落とす。

この声援の大半は……北川遥斗先輩に送られている。

残りの3分の2が兄ちゃん。3分の1が俺、といった具合。

遥斗先輩は、兄ちゃんとも仲がよくてバスケもうまい。

……それに、なんといっても顔のつくりが半端じゃなかった。

最初会ったときは、思わず『芸能人!?』と感じてしまったし。

けど、実はすごく気さくで優しい遥斗先輩。

兄ちゃんに次いで俺の憧れの先輩のひとりになった。

『……入れねー』

体育館にたどりついたまではよかったものの、すでに入り口までビッシリと野次馬があふれている。

俺はガクリと、さらに肩を落とした。

その時、ふと目の前にいる女に目が留まったんだ。

やわらかそうな髪が、フワフワと風になびく。

すごく大人しそうだけど、なぜかその女のまわりには優しい雰囲気が漂っている気がした。

少し近づけば、ふわりと甘い匂いが鼻をかすめる。

けど、不快に感じる甘ったるい匂いではなくて……。

素直にいい匂いだと感じてしまった。

幼さを残した外見から、同い年だろうとタカをくくった俺は、

『……あの、そこ邪魔なんですけど』
　と言って、その女に話しかけていた。
　俺の声に、その女はくるりと振り返った。
『あ、すみません。入るのに邪魔だったよね……ゴメンね』
　そう言ってニコリと微笑む女。
　バカにしてんのか？
『……わかってんなら、最初からたむろってんじゃねーよ』
　ついそんな愚痴をこぼすと、ソイツは隣にいる女にチラチラと視線を向ける。
　隣にいた女は、どう見ても上級生で……。
　もしかしたら、この女も……年上⁉と、俺は内心かなり焦っていた。
　そのうち、隣の女も俺に気づいた様子で、
『わぁ、かわいい～！　キミ、バスケ部なの？』
　と言って、楽しそうに微笑んだ。
　……やっぱ、先輩かよ……。
　目をつけられて、めんどくさくなるのはゴメンだ。
『はい、新入部員です』
　俺はさっきまでとはちがう、さわやかな笑みを浮かべた。
『キャー、優芽‼　この子かわいい！』
　すると、なぜか興奮したように叫んでいる。
『そ、そうだね……』
　そして、対照的にそう言って、曖昧な笑みを浮かべる女。
　たぶん、さっきまでの態度のちがいにとまどっているんだろう。

そのあと名前を聞かれ、俺は礼儀のあるフリをして、女ふたりの名前も聞き返した。
『私は柳沢奈々』
　背の高い方の女がそう答える。
『こっちは桜庭優芽、３年だよ』
　……桜庭……優芽……？
　その名前を聞いた瞬間、ピタリと時が止まったような気がした。
　……コイツが、桜庭優芽？
　あまりにも、俺の想像とかけはなれていた。
　……意外すぎだろ……。
　そう思った時。
『おい、なにやってんだよ！　……って、湊じゃねーか』
　……あ、兄ちゃん？
　まさかの兄ちゃん登場で、驚く俺。
　焦った俺は、つい、
『あ、兄ちゃん……わりぃ、練習遅れた』
　と言ってしまった。
　……ヤバ……自分からバラしてしまった。
　弟だとバレたら桜庭優芽に対して復讐しにくいから、バレないようにするつもりだったのに。
　そう後悔しながらも、俺は女ふたりの様子をうかがう。
　案の定、ふたりとも驚いて目を見開いていた。
　……現実って、そううまくいかねーよな……。
　俺は気づかれないように、ガクリと肩を落とした。

……さて、どうしたものか？
　いまだに驚きを隠せない様子の桜庭優芽を見つめながら、そんなことを考えてみる。
　さらに驚くべきことに、桜庭優芽は遥斗先輩の彼女らしい……ということを知ってしまった俺。
　……ウソだろ!?
　兄ちゃんに遥斗先輩って……コイツ、マジ何者？
　ふわりと香る甘い匂いを感じながら、俺はただ立ちつくすしかなかった。

『はぁ……つまんね』
　翌日。
　桜庭優芽が遥斗先輩の彼女だとわかってしまい、迂闊に手を出せなくなった俺はヒマだった。
　最初は、どうにかして傷つけて兄ちゃんをフッたこと後悔させてやろうと思ってたけど、なかなか実行できない。
　あの女はどうせ、ちょっとしたミーハー気分で遥斗先輩にも兄ちゃんにもいい顔して、あげくの果てに兄ちゃんの気持ちをもてあそんでフッたんだと思うけど。
　遥斗先輩まで、だまされてるとはな……。
　どっちにしろ、遥斗先輩がついてるとなると行動に出にくい。
　それに、バスケ部はもうすぐ大会ということもあり、大会に出られない１年は今日から自主練という名の休みだった。
　……マジ、つまんねぇ……。

そう思っていると、帰りがけに同じクラスのバスケ部の
ヤツらから、あるウワサが舞いこんできた。
　それは……遥斗先輩が彼女と別れた、というもの。
　昨日の今日で別れたのか？
　俺は半信半疑だったけど、もしそのウワサが本当なら、
桜庭優芽を傷つけてもいいってことだよな？
　兄ちゃんは、どう思ってるんだ……？
　そんなことを思いながら、ひとり教室を出て歩いていたら。
　──ドンッ！
　角の向こうから歩いてきた誰かとぶつかってしまった俺。
　前見て歩けよな……。
　なんて、心の中で悪態をつきつつも、相手が先輩だった
らまずいと思って表面上はさわやかな笑みを浮かべる。
　けど、俺の目の前で倒れこんでいたのは……。
『……ちっ』
　思わず差しのべていた手を戻し、舌打ちしてしまうくら
い、会いたくなかったヤツ。
　……桜庭優芽だった。
　ぶつかったのが俺だとわかった瞬間、ピクリと肩を動かす。
　……ふ〜ん？　ビビってるわけ？
　そんな様子の桜庭優芽にイラついた俺は、最近聞いたば
かりのあのウワサ……遥斗先輩と桜庭優芽が別れた、とい
う話題をふっかけた。
　すると一瞬、すごく傷ついた顔を見せた桜庭優芽。
　その表情に、俺のイライラはさらに募る。

……兄ちゃんを傷つけておいて、調子いいヤツ……。
　最初はそう思って、今まで思っていたことをすべてぶちまけた。
　けど、桜庭優芽は怒るどころか、優しく微笑んで言ったんだ。
『湊くん、涼太のこと大好きなんだね』
　……と。
　は？　ふざけてんのかよ？
　一瞬、バカにされてるのかと思って腹が立った。
　でも、桜庭優芽の表情は、本気で言っているようにしか見えなくて……。
　突然語りだした昔の遥斗先輩との話にも、思わず聞きいってしまった。
　あきれるくらい、遥斗先輩が好きだということが伝わってくる。
　すべて話し終えた桜庭優芽は、なんだか少しうれしそうに見えた。
　コイツ、もしかして……マジでただ、遥斗先輩が好きなだけなわけ？
　純粋そうに見せかけているとばかり思っていたこの性格も、素なのかよ？
　そして、気がついたら俺は、肩をふるわせて笑っていた。
　なんだか、今まで考えてきたことすべてがバカらしくなった。
　……この日、俺は、桜庭優芽の本当の姿を知ったんだ。

カラオケ

【優芽 side】
　遥斗くんと一緒に登校しなくなり、早1週間。
　バスケ部の大会が目前に迫(せま)っていた。
　遥斗くんや涼太たち、3年生にとっては最後になるこの大会。
　夜、私からちょくちょくメールはしているけど、遥斗くんからは返事がなかなか来ない。
　……遥斗くんも忙(いそが)しいから……仕方がない……。
　そんなこと、頭では十分わかっていた。
　けど、どうしても私は、さみしい気持ちを抑えられないでいた。
　……それに、乃愛ちゃんとのウワサのこともあるし……。
「……はぁ」
　思わずこぼれるため息。
　私は自分のこういうところがキライだ。
　さみしがりやで……いざという時には臆病で……。
　それに最近、結構独占欲が強いこともわかった。
　学校に着いてからも、そんな不安は続く。
　せめて、同じクラスだったらよかったのに……なんて思ったことも、一度や二度ではない。
「優芽〜!　今日、ヒマならカラオケ行かない!?　私と亜衣子とさ」

落ちこんでいる私を見かねたのか、奈々ちゃんが楽しげな声でそう話しかけてきた。
　……カラオケ。
　そういえば、最近遥斗くんのことばかりで、奈々ちゃんや亜衣子ちゃんと遊ぶ機会も少なくなっていた私。
　そう思って、私は、ニコリと微笑みながら返事をした。
「……うん、行きたいな」
「よし、決まりね！　今日は盛りあがっていきましょー！」
　奈々ちゃんのそんな言葉に、私は自然と笑顔になった。

　放課後。
　私は約束どおり、奈々ちゃんと亜衣子ちゃん……そして。
「盛りあがるぜー‼」
　なぜか、ひとりだけ異常にテンションが高い溝口くんまで連れて、駅前のカラオケに来ていた。
　溝口くん、いつも明るいけど……今日はなんだかその明るさが不自然に感じる。
「溝口くん、どうかしたの？」
「……なんか、後輩にフラれたらしいわよ」
　隣に座っていた亜衣子ちゃんにこっそりと耳打ちをすると、あきれたような返事が返ってきた。
　……フラれちゃったんだ。
　それはツラいよね。
　なんだか遥斗くんに片想いしていた頃の自分の気持ちがよみがえり、思わず同情してしまう。

「ちくしょー、女なんて～」
　そう言って、溝口くんがマイクを通して嘆いていると、
「はいはい、わかったから。テーブルにのるのはやめなさいよ」
　と、奈々ちゃんが冷静に対処(たいしょ)する。
　……まるで熟年(じゅくねん)のカップルのようなふたりに、私も亜衣子ちゃんも、
「……ふたりが付き合えばいいのに」
「……てか、奈々と溝口が付き合いなさいよ」
　なんて、つぶやいていたことは言うまでもなかった。
　しばらくすると叫びつかれたのか、静かになった溝口くん。
　そして、その横で奈々ちゃんは、ひとり歌を歌っていた。
　しかも……定番の失恋ソングを熱唱中。
　これは、新手のイジメなのだろうか……と最初は思ったけど、どうやら奈々ちゃんにしたら、溝口くんを励ましているつもりらしい。
「……なんなんだろうね、あのふたりは……」
「う、うん……たしかに……」
　そんなふたりから少し離れた席に座っていた私と亜衣子ちゃんも、思わず小さくツッコんでしまった。
　奈々ちゃん、それ以上歌ったら溝口くん泣きだすよ……。
　……疲れたように顔をテーブルに伏せているから、奈々ちゃんのほうからはたぶん見えないだろうけど、私たちの方向からは、溝口くんの目もとあたりにキラリと光るものがバッチリ見えていた。

「あちゃー……溝口のヤツ、案外女々しいとこあんだね？」
　ププッと、笑いを堪える亜衣子ちゃん。
「たしかに！」
　そう言って、私は亜衣子ちゃんと微笑みあった。
　……なんだか、久々に楽しい気分になれた気がする。
　遥斗くんと乃愛ちゃんのことで、不安な日々が続いてたから。
　当たり前のような時間でも、みんなと一緒にいると元気になれる。
　やっぱり私は、みんなに支えられてばっかりだな……。
「ほら！　亜衣子、優芽〜、ふたりも歌ってよ〜！　今日は、失恋ソングメドレー！！」
　奈々ちゃんがそう言って、楽しそうに笑う姿が目に入った。
「……お前は鬼かっ!?」
　奈々ちゃんは、溝口くんのそんな叫びも無視。
「いいね〜、奈々！　なにからいく？」
　……どうやら、亜衣子ちゃんまで悪ノリしてしまったようだ。
　こうなったら、ふたりを止めるすべは残されていない。
　……溝口くんご愁傷様。
　私は、心の中でそう思いながら、軽く苦笑いを浮かべたのだった。

大会と恋心

　次の日。
「ふたりとも、昨日はありがとう！　久しぶりにすっごく楽しかった」
　私は学校に着くと、すぐさま亜衣子ちゃんと奈々ちゃんに駆けよってお礼を言う。
「いいの、いいの！」
「そうそう、私たちも久々に優芽と遊べて楽しかったしね！……それに……」
　そこまで言うと、奈々ちゃんは、チラリと溝口くんのほうを見て……。
「……全部、溝口のおごりだしね!!」
　満面の笑みを浮かべて、そう言った。

　……そうなのだ。
　あれから結局、3時間以上もカラオケをし続けた私たち。
　しかも、ほぼ失恋ソングしか歌っていない。
　……そんな中、溝口くんのHPは、ほぼ0に近い状態だった。
『もう、一生、カラオケには行かねー……マジ、悪夢……』
　帰り際、溝口くんがそうつぶやいていたのを聞いていた私。
　けど、溝口くんの悪夢はまだ続いていたのだ。
『あれ？　溝口、なに先に行こうとしてんのよ、会計まだ

でしょ?』
　そう言って、にっこり微笑む亜衣子ちゃん。
　……え?
　そんな亜衣子ちゃんに、私はもちろん、溝口くんまで目が点になる。
『……アンタ、まさか女からお金出させようなんて思ってないわよね?』
　奈々ちゃんまでもがそう言ったとたん……溝口くんは悟ったように、肩をすくめた。
　そして、なにも語らず、スタスタと歩いてレジのほうへ行ってしまったのだった。
『……え、いいのかな……?』
　かわいそうに思った私がそう言うと、
『いいの!　アイツもこれでいろいろ懲りたでしょ?　ったく、後輩に手を出そうとするなんて思わなかったわ!』
　と、溝口くんのうしろ姿を見ながら、奈々ちゃんが言いはなった。
　その時の奈々ちゃんの顔は、怒っているような、さみしいような複雑な表情で……。
　私は思わず微笑んでしまった。
　……溝口くん、早く気づきなよ……。
　心配してくれる人がこんなに近くにいるんだよ?
『……ま、時間の問題かな?』
　亜衣子ちゃんが余裕そうにニヤリと笑うと、奈々ちゃんが顔をまっ赤にしてうつむいた。

『あら、自覚してたのね〜、奈々。もちろん、今度、話聞かせてくれるんでしょ？』
『……っ』
　亜衣子ちゃんにからかわれ、さらに赤くなる奈々ちゃんは、素直にかわいい。
『……奈々ちゃん、私、応援するからね！』
　私がそう言うと、奈々ちゃんはにっこり微笑んで、
『ありがとう』
と言ってくれた。

　……とまぁ、こういうわけで……。
　昨日は、奈々ちゃんの新しい一面を見ることができた。
　溝口くんには、ちょっと申し訳なかったけどね……。
　そう思って、溝口くんのほうをチラリと見ると、涼太となにか楽しそうに話している姿が目に入ってきた。
　……立ち直り、早いんだ……。
　私は思わず、そんな溝口くんに苦笑いを浮かべると。
　パチリ。
　溝口くんと話していた涼太と目が合った。
「優芽、お前は今度の日曜どうすんの？」
　そして、手招きをしながら、突然そんなことを言いだした。
「……今度の日曜？」
　あれ？　なにかあったっけ？
　突然振られた話に、心当たりがなくて首をひねる。
「……あれ？　遥斗から聞いてないのか？　バスケの試合

あんだよ、日曜に」
　……え？　私……そんなこと聞いてないよ……。
　たしかに大会が目前だということは知ってたし、そろそろかな？なんて、思ってたりもしたけど……。
　私のとまどった様子に、なにかを察したのか、
「あ、そういえば、湊と仲よくなったんだろ？　湊から聞いた」
　と、涼太はわざとらしく話題を変えた。
「あ、うん……。この前、いろいろ話したんだ」
　私もそんな涼太の気づかいに話を合わせたけど、内心、遥斗くんのことで頭がいっぱいだった。
　……なんで、私になにも言ってくれないんだろう？
　いくら考えても答えなんか出るはずもなくて、不安だけが募っていく。
　遥斗くん、私……また遥斗くんのこと、わからなくなりそうだよ……。
　……そういえば最近は、遥斗くんからのメールの返事も少なくなった気がする。
　ダメだ……。
　考えれば考えるほど、悪い方向に進んでいく私。
「ね、優芽。今日は遥斗くんのこと待ってみたら？　で、一緒に帰って話してきなよ？」
「亜衣子ちゃん……」
　どうやら涼太と私の会話を聞いていたらしく、亜衣子ちゃんは優しく声をかけてくれた。

「……うん……がんばってみるよ」
　いつもの私なら、行かないでモヤモヤしたまま終わっていただろう。
　でも、私は変わりたい。
　臆病で弱虫な自分から……。
　亜衣子ちゃんは、私の返事に少し驚いた様子だったけど、
「うん！　大丈夫、今の優芽なら絶対ね!!」
　と、すぐに優しい笑みを浮かべて言ってくれたのだった。

　放課後。
　私は迷わず、遥斗くんが練習をしているだろう体育館に向かって歩いていた。
　遥斗くんには、昼休みのうちに、
《今日、ちょっと話たいことあるから、一緒に帰ろう？部活終わるまで待ってるから》
　という内容のメールを送っていた。
　そして、すぐに遥斗くんからも《わかった》と返信が来た。
　……うわぁ……すごい。
　相変わらず、入り口は女子の野次馬がすごかったため、体育館近くにあるベンチで遥斗くんの練習が終わるのを待つことにした私。
　すると。
「……あれ？　……湊くん？」
「あぁ……アンタか」
　……どうやらベンチには先客がいたらしい。

湊くんは私を軽く横目で見ると、
「……座るんだろ？」
　と言って、少し席を空けてくれた。
「……ありがとう」
　私は、つまらなそうに足を組む湊くんを見つめながらお礼を言った。
　……それにしても、湊くん……こんな所でなにしてるんだろう？
「あ、あの……桐谷くん……」
　すると、正面からそんな声が聞こえてきた。
　そこにいたのは、たぶん１年生らしき女の子。
　セミロングの髪がサラサラとなびいていて、顔はほんのり赤く染まっている。
　……な、なに？
　状況が読めずあたふたする私をよそに、湊くんは、
「……あぁ、キミ？　この手紙くれたの……」
　と、あっけからんと話しはじめる。
　コクリと女の子がうなずいた瞬間、さすがの私も悟ってしまった。
　もしかして、告白……？
　……どうやら私は、タイミング悪く湊くんたちの告白現場に居合わせてしてしまったようだ。
　正面にいる女の子も、チラチラと私を気にしていて……なんだか、いたたまれなくなる私。
「あ、あの……じゃあ、私は、これで……」

苦笑い気味にそう告げて、その場を立ち去ろうとする私に、女の子もホッとしたような表情を向けてくる。
　すると。
「……ちょっと待てよ。アンタもここにいて」
　私の腕をグイッとつかみ、強制的にベンチに座らせる湊くんに、私も女の子も目が点になった。
　……湊くん、なに考えてんの!?
「……あ、あの、桐谷くん？」
　困ったようにキョロキョロする女の子が、あまりにもかわいそう。
「話あるなら、この人も一緒に聞くから」
　……湊くん……意味わかんないんですが……!?
　あやうくそう叫びそうになる気持ちをなんとか抑えて、湊くんを見つめる。
「……っ……あの、私、３組の鈴野です。えっと……桐谷くんのこと、いっつもカッコいいなって思ってて……好きです！　付き合ってください!!」
　すると、意を決したのか、なかばヤケクソ状態でそう言いはなった女の子、鈴野さん。
　……すごい。私なら絶対言えないよ……。
　私がそう思って、感心した瞬間。
「ゴメン。俺、気になる人いるからキミとは付き合えない」
　間髪を入れずに、そう答える湊くん。
　一瞬……空気が凍った気がした。
　鈴野さんは、立ちつくして目を見開いている。

たぶん、こんなに早く返事を言われるなんて思ってなかったんだろうな……。
　まさに、瞬殺といった感じだ。
「……じゃ、そういうことだから」
　湊くんがそう言った瞬間、ようやく状況を理解したらしい鈴野さんは、唇を噛みしめながら校舎のほうに走っていく。
　……湊くん、あなた……かわいい顔して悪魔だね……。
　まぁ、わかってたけど……。
　いつかの湊くんからの暴言を思い出しながら、私は肩をすくめた。
「……湊くん、あのさ、断るにしても言い方ってあると思うよ……？」
　私がポソリとそう言うと、湊くんは、顔をしかめて私を見つめ……いや、にらんだ。
　その顔は、『なんか文句あんの？』とでも言いたげで……。
「……いや、やっぱりなんでもない……です」
　私も思わず、敬語になってしまうくらい迫力があった。
「……み、湊くん、モテるんだね！」
　空気が重くなったことを察した私は、わざと明るく振るまってみる。
「……べつに、兄ちゃんのほうがモテる。昔から」
　だけど、そう言ってあっさり否定してきた湊くん。
　たしかに……涼太は、雰囲気が優しいからな……。
　チラリと湊くんを見ると、ギロリとにらまれてしまった。
「見んな、バカがうつる」

……本当に湊くんは、かわいい顔して、言ってくる言葉はおそろしい。
　笑った顔は、涼太に似てるんだけどな……。
　私はふと、奈々ちゃんの前で猫をかぶっていた湊くんを思い出してクスリと笑った。
「……てか、今さらだけど、なんでアンタがここにいんの？」
　またイヤそうに顔をしかめながら、そう言った湊くんに、
「……今日は、遥斗くんと帰る約束があって……」
　と、私は軽くうつむきながら言った。
「……ふ～ん？　遥斗先輩とねぇ……ま、せいぜいがんばんなよ」
　その言葉に、バッと顔をあげると……すでに湊くんは立ちあがり、校舎のほうに向かって去っていく途中だった。
　……湊くん、今、がんばれって言ったよね？
　思わず頬がゆるむ私。
　……なんだか湊くんに認めてもらえたようで、素直にうれしく感じた。
　そして、私は心の中で、『ありがとう』とつぶやいた。

すれちがう心

【遥斗 side】
「キャー、遥斗くんカッコいい!」
「がんばって〜!」
　そんな声を聞きながら軽いアップを済ませ、俺はシュート練習を始めた。
　大会が近いからか、最近はいつにも増して野次馬の数が多い気がする。
　俺はそんな連中に軽くため息をこぼしながらも、シュート練習を続けた。
「遥斗!　わりー、ちょっと遅れた!」
　すると、部室のほうからあわてた様子で出てきた涼太の姿が目に入る。
「涼太、またかよ……」
「わりー、わりー。ちょっと用事があってさ」
　ケラケラと笑う涼太からは、反省のかけらも見えない。
「……ったくもう。さっさとアップしろよ、4時半から紅白戦始めるからな」
「了解!」
　俺の言葉にうなずいた涼太は、素直にストレッチをしはじめる。
　そんな涼太を見つめながら、俺は軽くため息をついた。
　涼太は、俺にとって仲間であり、ライバル。

正直、バスケ部では涼太くらいしか張りあえる相手がいない。
　そもそも俺は、涼太がいなかったら、たぶんバスケ部に入ってなかっただろう。
　それに、優芽のことに関しても……。
　……なんだかんだで、涼太にはいつも迷惑をかけている気がする。
　そう思って反省している俺の前に、
「遥くん！　はい、タオル。涼太先輩もお疲れ様です」
　と言いながら、にっこりと笑みを浮かべた乃愛が立っていた。
「あぁ、わりぃ。サンキュー」
　そう言って、乃愛からもらったタオルで汗をぬぐった。
　涼太も、「お疲れ」と軽く手をヒラヒラさせて乃愛に話しかけている。
　……乃愛は2歳年下で、俺のイトコ。
　昔から妹みたいな存在だった。
　……まぁ、まさか乃愛が俺と同じ高校を受けるなんて思ってなかったけど……。
　小さい頃から、
『遥くん！』
　って言って、俺のあとをついて回ってたっけ？
　なつかしい思い出がふとよみがえり、俺はクスリと笑みをこぼした。
「じゃあ、ボールの整理とかしてるんで、用事あったら呼

んでくださいね!」
「了解、ありがとう」
　涼太がニコリと笑ってそう返事した。
　乃愛が自分の仕事へと戻っていくのを横目に、俺はシュート練習を再開。
　――ザシュッ、ザシュッ。
　リズムよくシュートを決める俺。
　すると。
「なぁ、遥斗。お前、優芽に大会のこと伝えてねーの?」
　――ガンッ!
「…………」
　突然涼太に言われ、思いきりシュートを外してしまう。
　そんな俺を、涼太は冷静な表情で見つめていた。
　……ダサいな、俺……。
　優芽の話に、つい動揺してしまった。
「……なんで言わないんだよ?　優芽、ショック受けてたみたいだけど?」
「いや、べつに?　最近一緒に帰ってなかったから、タイミングがなくてまだ言ってないってだけだけど。てか……ショックって、なんで?」
　あっけからんとしてそう言う俺に、涼太は、軽く頭をかかえた。
「お前さ……ウワサ流れてんの知ってるか?」
　そして、ため息をつきながらそう聞いてきた。
　……ウワサ?

そういう話に疎（うと）い俺は、眉をひそめて涼太を見つめる。
「……最近、お前と優芽が別れたってもっぱらのウワサなんだけど？」
　涼太があきれたようにそう言いはなつ。
　は……別れた？
「……どういうことだよ。そんなんデマに決まってんだろ」
　優芽と俺がいつ別れたっていうんだ。
　ジロリと涼太をにらんだ俺の中で、イライラが募っていく。
「……んなのわかってるわ！　ただ、ちょっと広まってんだよ、お前が最近優芽と一緒にいないから。それに……」
　涼太はそこまで言って、なぜか乃愛を見つめている。
「それに？　なんだよ？」
「……遥斗が最近、乃愛ちゃんと一緒に帰ってるからだろーが！　だから、遥斗が１年と付き合ってるなんてウワサが流れんだよ！」
　俺はポカンとした表情を浮かべて固まる。
「……は？　乃愛と俺が？」
　たしかに、最近部活が夜遅くまであるから、乃愛を家まで送って帰ってはいるけど……。
「……まぁ……遥斗が乃愛ちゃんと付き合おうがなにしようが、どーでもいいけど……優芽を泣かせるのだけは、もう許さないからな」
　涼太は冷たくそう言いはなつと、立ちあがってパス練をしに行ってしまった。

『優芽を泣かせるのだけは、もう許さないからな』

そんな涼太の言葉が、頭の中を駆けめぐる。

そして、ふと、今日優芽からきたメールのことを思い出した。

≪今日、ちょっと話したいことあるから、一緒に帰ろう？部活終わるまで待ってるから≫

……いつもなら自分からこんなメールを送ってくることなんて、ほとんどないのに……。

もしかしたら俺は、また優芽を不安にさせてしまったのかもしれない。

そう思うと、いてもたってもいられなくて。

「遥くん!?」

乃愛の叫びを無視して、体育館を飛び出していたんだ。

【優芽 side】

湊くんが去ってから、しばらくベンチでぼんやりと座っていた私。

私に『がんばれ』だなんて……。

優しいことも言うんだ。

なんだか、湊くんの新たな一面を垣間見てしまった気がする。

チラリと体育館の方向を見ると、少し前までいた野次馬はいなくなっていた。

もしかしたら、結構時間が経ったのかもしれない。

野次馬で来ている子たちは、あんまり長居せずに帰っていくことが多いから。
　……遥斗くん、まだかな……。
　だいぶ暗くなってきた空を見つめ、私は軽くため息をこぼした。
　もし本当にウワサどおり、遥斗くんが乃愛ちゃんと付き合っているとしたら……私はどうするのだろうか。
　ふと、そんな疑問が頭をよぎった。
　泣きだす？
　……それとも、笑って送りだす……？
　本当なら、好きな人の幸せを願うことが一番なんだろう。
　でも、私はそこまでできた人間じゃない。
　けど、もちろん、遥斗くんには幸せになってもらいたい。
　だから、もしもの時は……遥斗くんを、いつまでも縛りつけておくことなんてできないよね？
　そう思うと、目頭が熱くなるのを感じた。
　その時。
「……優芽!?」
　遠くの方から、私の名前を呼ぶ声が聞こえてきた。
「……は、るとくん？」
　大好きな遥斗くんの声。
　遥斗くんは、私のところまで駆けよってきた。
「……っ、優芽……」
「部活、終わったの？」
　肩で息をしている遥斗くんに、私は笑顔でそうたずねた。

もしかしたら、うまく笑えていなかったかもしれないけど、遥斗くんの前では笑顔でいたかった。
「……あ、私、体育館の階段あたりで待とうかな？　だいぶ暗くなってきたし……!?」
　私が、その言葉を言い終わる前に……。
　ギュッ。
　なぜか私を抱きしめる遥斗くんに、私の涙腺は崩壊寸前で……。
「ど、どうしたの？　遥斗くん……？」
　そうたずねる声さえも、ふるえている気がした。
「……ゴメン、優芽」
　ドクン。
　遥斗くんは私を抱きしめたまま、そうつぶやいた。
　……ゴメンって……どういう意味？
「な、なんの話……？」
　遥斗くんの悲しそうな声が、耳もとでこだまする。
　そして次の瞬間、私の目からは、ジワジワと涙があふれてきた。
　でも、泣いてるのを見られたくなくて、気づかれないように制服の袖で涙をぬぐう。
　遥斗くんがつぶやいた"ゴメン"の意味。
　私は、それが知りたくて……。
　私を抱きしめている遥斗くんからそっと離れて、遥斗くんを見つめた。
　すると、

「俺、優芽に謝らなきゃいけないことがある」
　と、遥斗くんは切なそうに、ポソリと言葉を漏らした。
　いつもの遥斗くんからは考えられないくらい、その声は、悲しみを帯びていて……。
　ギュッと胸が痛くなるのを感じた。
　……ダメだ、聞きたくない……
　たぶん、フラれるんだと思う。
　遥斗くんのこんな真剣な顔、バスケしてるときくらいしか見たことがないし……。
　きっと、私への同情や罪悪感で、こんな顔をさせてしまっているんだ。
　大会に呼んでくれなかった時点で、すでに答えは出ていたのかもしれない。
　……やっぱり、無理なのかな？
　遥斗くんを前にすると、好きという気持ちが今にもあふれだしてしまいそうになる。
「俺は乃愛と……」
「……ちょっと待って！」
　乃愛ちゃんの名前が聞こえた瞬間、私は遥斗くんの言葉をさえぎっていた。
　やっぱりそうなんだね……。
　……弱虫で、ゴメンなさい……。
　どうしても、遥斗くんの口から別れの言葉を聞く勇気がなかった。
「……優芽？」

急に黙りこんだ私を心配するような遥斗くんの声が、頭上から聞こえてくる。
　それが、なんだかすごく切なく感じた。
「遥斗くん、ゴメンね……」
「……え？」
「……私、もうダメかもしれない」
　私がそう言うと、遥斗くんは軽く目を見開いた。
　そして次の瞬間、フッと軽く微笑んで……。
「……わかった、優芽がそう言うなら……」
　ズキン。
　それだけ言い残すと、遥斗くんは私から顔をそむけて、体育館の方へと歩きだす。
　……ひと筋の涙が、私の頬を伝った。

不器用なふたり

【涼太 side】

　遥斗が体育館に戻ってくる姿が目に入ってくる。

　……ったく、世話焼かせやがって。

　俺はそう思いつつ遥斗に近より、バシンと背中をたたいてやった。

「遥斗！　優芽とは、仲直りしてきたんだろ？　ったく、素直にならないから。……どうかしたか？」

　いつもの遥斗なら、たたいた俺に文句のひとつでもこぼすはず。

　だけど、なんだかいつもと雰囲気がちがう気がした。

　……なんかあったのか？

　遥斗は、不思議そうに見つめる俺から視線をそらすと、

「……たぶん、別れた……」

　と、ポツリとつぶやいた。

　……別れた!?

　あまりの驚きで、俺は口をパクパクさせる。

「……別れたって……お前、なにがあったんだよ!?」

　てっきり仲直りしてきたとばかり思っていた俺は、軽く声をあららげながら遥斗に詰めよった。

「……優芽から言われたんだよ……。"もうダメかもしれない"って、……泣きながらさ……」

　フッと、自嘲的な笑みを浮かべる遥斗。

「……なっ!?」
　そんな遥斗に、俺は言葉が出てこない。
　……まさか、優芽がそこまで思いつめてたなんて思いもしていなかった。
「……遥斗は、きちんと自分の気持ち伝えたのか？」
　俺は遥斗をまっすぐに見つめながら、そうたずねる。
「……途中で、優芽にさえぎられて……」
「じゃあ、きちんと伝えてないんだな？」
　コクリとうなずく遥斗に、俺は頭をかかえる。
　……コイツ、本当に……不器用だな……。
「バカだろ！　優芽のことだから、なにか早とちりしてるだけだって。それに……遥斗は、本当にこのままでいいのかよ？」
　ピクリ。
　俺の言葉に、遥斗は反応をしめした。
「……っ」
「……お前があんまりグダグダしてるなら、マジで優芽は俺がもらうからな」
　それだけ言いはなつと、遥斗のそばを離れ、練習を再開する俺。
　……まぁ、これだけ言えば、遥斗も動くだろうな。
　俺って、結構お人好しだよな……。
　軽くため息をこぼしながら、ふとそう考える。
　優芽が遥斗と付き合いはじめた時は、本当に奪ってやるつもりだったんだけど……。

いつの間にか、応援したくなっちまったんだよな。
　１年前の出来事を思い出し、俺はクスリと笑みをこぼした。
　……ま、いつもポーカーフェイスの遥斗をあそこまで悩ませる優芽も、ある意味スゴい。
　俺はそう思いながら、ボールをゴールに向かってシュートする。
　……ふたりの幸せを願いながら。

【優芽 side】
　私……遥斗くんと、今度こそ終わってしまったんだ……。
　最後に抱きしめてくれぬくもりや、去っていくうしろ姿が、頭から離れない。
　涙はずっと止まらずにいた。
　ひとり、学校を出てフラフラと歩いていたけど、耐えきれなくて……。
　無意識にケータイを取り出して、亜依子ちゃんに電話をかけていた。
　――～♪～♪
『もしもし？　優芽？』
　数回のコール音のあと、明るい声で電話に出た、亜衣子ちゃん。
『……亜衣子ちゃん……』
『ど、どうしたの……？　なんかあった？』
　涙まじりの私の声に、亜衣子ちゃんが焦っているのがわ

かる。
『……っ、ど……しよ……、私』
　もう、涙を堪えることもできず、声も途切れ途切れになっていた。
『……わ、わかった……ひとまず落ち着いて。今、どこにいるの？』
『……学校の前にあるバス停の近く……』
『え!?　まだそんな所にいるの？　……わかった、今から迎えに行くから、そこで待ってて！　あと、今日は、私の家に泊まりなよ？　話、ちゃんと聞くから』
　亜衣子ちゃんのそんな言葉とともに、電話が切れた。
　壊れそうになっていた心が、ほんの少しだけ救われた気持になる。

　私はバス停のベンチに腰かけた。
　あたりは、もうかなり暗い。
　泣き疲れて、もう涙も引いていた。
　この星空の下……たった1週間前までは、遥斗くんと並んで歩いていたのに。
　もう、一緒に帰ることもできなくなっちゃったんだね……。
　そんなことをボーッと考えながら、しばらく空を眺めていると。
「優芽!!」
　名前を呼ばれ、ハッとして顔をそちらに向けた。
「亜衣子ちゃん……」

そこには、髪が乱れて息を切らした亜衣子ちゃんの姿があった。
　必死で走ってきてくれたんだってことがわかって、うれしくて少しだけ口もとがほころぶ。
　そして、そのあと込みあげてきたのは、こんなに迷惑をかけてしまったという申し訳なさだった。
「……ゴメンね、もう夜なのに……」
「なに言ってんの？　そんなの気にしてないって！」
　亜衣子ちゃんは優しくそう言うと、私に向かって手を差しだした。
「ほら、帰ろ？　明日はちょうど学校も休みなんだから、ゆっくりしていきなよ？　優芽ママには、うちのママから連絡（れんらく）が行ってるはずだから」
「ありがとう、亜衣子ちゃん」
　突然電話して、状況もまだ伝えてないのに……。
　こんなに優しい友達がいて、私は幸せだね。
　幸せ、なはずなのに……欲（よく）張りな心は、どうしたって遥斗くんを求めてしまうんだ。
　学校でのことがまたよみがえり、またもや涙で視界がにじむ。
　──～♪～♪
　そのとき、亜衣子ちゃんのケータイが鳴った。
「優芽、ちょっといい？　涼太から電話だ」
「涼太から？」
「うん。ちょっと出るね」

電話に出た亜衣子ちゃんは、最初は私の前で話していたんだけど、途中から少し場所を離れて小さい声で話しはじめた。
　なにか、私が聞いたらまずい話なのかな……？
　あ、もしかしたら、遥斗くんが乃愛ちゃんと正式に付き合いはじめたとか、そういう話かも。
　そんなことを考えながら、「優芽は」とか「あさって」とか断片的に聞こえる亜衣子ちゃんの声を、ぼんやり聞いていた。
　あさってって、なんだろう……？
　それより、私からもちゃんと、遥斗くんと別れたってことを亜衣子ちゃんに言わなきゃね。
「優芽、お待たせ」
　電話を終えて戻ってきた亜衣子ちゃんに、私はさっそく話を切り出した。
「亜衣子ちゃん、私ね……遥斗くんと別れたの」
「……え!?」
　亜衣子ちゃんは心底驚いたような声をあげる。
「……ゴメンね、驚かせたよね……」
　応援してくれたのに、こんなことになってしまって……。
　申し訳なさでいっぱいになる私に、亜衣子ちゃんは、
「……なにがあったの？」
　と、優しく聞いてくれた。

　そのあと、亜衣子ちゃんの家に向かって歩きながら、私

は今日あったことをすべて話した。
　亜衣子ちゃんは、熱心に話を聞いてくれて……私は少しだけ心の中につっかえていたものが取れたような気がする。
「ね、優芽……怖がらないでちゃんと聞かないと、本当のことはわからないんだよ？　それがもし、優芽にとってよくない話だとしても……」
　……遥斗くんの話を聞く……。
　たしかに今考えれば、遥斗くんが乃愛ちゃんの名前を出した瞬間に話をさえぎってしまった。
　でも、私にはあの時、遥斗くんの話を聞く勇気がなかった。
　……フラれるとわかっていて……聞けないよ……。
　私はグッと唇を噛みしめながら、そう考えることしかできなかった。

　次の日。
　今日は土曜日で、学校は休み。
　私は、亜衣子ちゃんの家で過ごしている。
「どうせ明日も休みなんだから、今日も泊まっていきなよ」
　という亜衣子ちゃんの言葉に甘えることにしたんだ。
「優芽、どうせなら奈々も呼ぼっか？」
　亜衣子ちゃんのそんな言葉に、私はコクリとうなずいた。
　奈々ちゃんも来てくれたら、すごくうれしい。
「じゃあ、奈々に連絡入れるから、優芽は部屋でくつろいでて？」
「うん、わかった」

ニコリと笑みを浮かべた亜衣子ちゃんに、私は微笑みながらそう言った。
　——パタン。
　ドアの閉まる音とともに、部屋は急に静かになってしまった。
「……なんだろ、ひとりだと思い出しちゃうな……」
　私は乾いた笑みを浮かべ、ポツリとそうつぶやく。
　昨日の遥斗くんとの会話が頭から離れない。
「そういえば、なんだか曖昧な感じで話が終わっちゃってたな……」
　おたがいに"別れよう"という言葉が出てこなかったことを思い出し、私はうつむいた。
　私、遥斗くんとの関係を曖昧にさせたままだよね……。
　やっぱりあの時、聞きたくなくても、ちゃんと話しておけばよかった……。
　そんなことを考えて、しばらくひとりでモヤモヤしていると。
　——バタンッ。
　部屋のドアが勢いよく開いて、
「優芽〜、遅くなってゴメンね。奈々が私の家わからないって言うから、途中まで迎えに行ってた」
　と言いながら、亜衣子ちゃんが部屋に入ってきた。
「優芽〜！　昨日ぶり!!」
　うしろから、笑顔の奈々ちゃんも入ってくる。
「亜衣子ちゃん、お帰り。奈々ちゃん、昨日ぶりっ」

私もふたりの笑顔につられて、ニッコリ微笑んだ。
　　　そんな私を、亜衣子ちゃんと奈々ちゃんは、なぜかニヤリと笑いながら見つめている。
　　　……なに？
　「ね、優芽。明日、一緒に行こう」
　　　そして、唐突に言った奈々ちゃんに、私はポカンとしてしまう。
　「……行くって、どこに？」
　「……まだ内緒。明日のお楽しみね」
　　　今度は亜衣子ちゃんがそう言った。
　「う、うん」
　　　とまどいつつも、私はコクリとうなずく。
　　　本当は、どこに行くのかすごく気になるけど……。
　　　奈々ちゃんも亜衣子ちゃんも、それ以上その話をしようとはしない。
　　　だから。
　　　……明日になればわかるよね？
　　　私もそう思って、それ以上聞かなかった。

あふれだす気持ち

　日曜日。
　私は、まだ朝早いうちに亜衣子ちゃんに起こされた。
　眠たい目をこすりながら時計を見ると、まだ6時。
「亜衣子ちゃん、まだ眠い……」
「いいから、早く着替えなさい！　奈々も準備して！」
「う……ん」
　亜衣子ちゃんにそう言われ、奈々ちゃんも布団から出てくる。
　昨日は、奈々ちゃんも亜衣子ちゃんの家に泊まったのだ。
　……それにしても、こんな早くにどこ行くの？
　私はそんな疑問を浮かべながらも、聞く間もなく亜衣子ちゃんに急かされ、あわてて準備をする。
　結局、家を出たのは7時半くらいだった。

　そして……バスに乗ること20分弱。
　亜衣子ちゃんと奈々ちゃんに言われ、バスをおりる。
　ようやく目的地に着いたと思った瞬間、私は目を見張った。
「……亜衣子ちゃん、ここって……」
　……どう見ても、市民体育館だよね？
　まわりには、いろんな高校のバスケ部員がたくさん来ているみたいだし……。
「今日は涼太に応援を頼まれたのよ。ね、奈々？」

「うん」
　あっけらんとそう答えるふたりに、私は若干苦笑いを浮かべる。
　うちのバスケ部もいるってことは……遥斗くんもいるってことだから。
「……優芽、逃げてばかりじゃ本当のことはわからないんだからね？　今日は、きちんと優芽の気持ち話してきな？　優芽もそんなんじゃ、いつまでも先に進めないんだから」
　亜衣子ちゃんは耳もとでそう言って、私の背中をバシンとたたいた。
「……亜衣子ちゃん」
　そう私がつぶやくと、亜衣子ちゃんはにっこり微笑んでくれる。
　たぶん、亜衣子ちゃんも奈々ちゃんも……本当に心配してくれているんだ……。
　だから、私をここに連れてきてくれたんだよね？
　そう思うと、少し気持ちが軽くなった気がした。
「……ありがとう、ふたりとも……。私、もう一度遥斗くんと話してくる……。今度は自分の素直な気持ち、伝えてくるよ」
「うん！　優芽、がんばんなよ！　私たちがついてるからね？」
「じゃ、まずはうちの高校のバスケ部の応援でもしますか？」
　亜衣子ちゃんに続いて奈々ちゃんもそう言って、微笑んでくれた。

体育館の中に入ると、すぐ目の前にトーナメント表が貼られていた。
　……どこのブロックかな？
　そう思って、トーナメント表を眺めていると、誰かが私の肩をポンとたたいた。
　振り返る私の目に飛びこんできたのは……。
「よ、来たな！」
　バスケのユニフォームに身を包んだ涼太だった。
「涼太！　アンタ、入り口で待ってるとかしてよね！　全然場所わかんなかったんだから」
　そう言って、ギロリと涼太をにらみつける亜衣子ちゃん。
「いやいや、俺一応レギュラーだから、いろいろ忙しいんだぞ？　てか、今迎えに来たんだろーが」
　あきれたようにそう言いながらも、なんだかんだで迎えに来ている涼太に、奈々ちゃんも私も顔を見あわせて笑ってしまう。
「あ、俺たち、Bブロックの１回戦だから」
「がんばんなよ、せっかく応援しに来たんだから」
　亜衣子ちゃんのその言葉に、苦笑い気味の涼太。
「そーそー。休み返上なんだから、がんばってもらわないと」
　亜衣子ちゃんに便乗した奈々ちゃんもそう言う。
　ふたりにプレッシャーをかけられ、焦る涼太に私はクスリと笑った。
「……じゃ、私たち向こうのほうで応援してるからね。優

芽、奈々、行くわよ？」
「うん。あ、涼太、がんばってね！」
　亜衣子ちゃんに声をかけられ、私は涼太にひと言そう伝えると、足早にその場をあとにする。
「おー！　優芽、ちゃんと見とけよ」
　うしろのほうから聞こえてくる涼太の声に、私は軽く手を振りながら応えた。

　亜衣子ちゃんと奈々ちゃんとともに観客席に座り、少し落ち着いた頃。
「……優芽先輩っ!!」
　うしろから、悲鳴に近いような叫び声が響いてきた。
　驚いて振り返ると、そこにいたのは……。
「……乃愛ちゃん」
　遥斗くんとのウワサの張本人、乃愛ちゃんで……。
　私は、思わずビクリと肩をふるわせた。
　走って追いかけてきたのだろうか。
　肩で息をしながら、ギロリと私をにらみつける乃愛ちゃん。
「……優芽」
　そんな私と乃愛ちゃんを交互に見つめ、心配そうな顔をする奈々ちゃん。
　亜衣子ちゃんにいたっては、すでに鋭い目つきで乃愛ちゃんをにらみ返している。
「優芽先輩に話があるんですけど」
　乃愛ちゃんは、吐き捨てるようにそう言った。

「……ここじゃダメなわけ?」
　いまだに乃愛ちゃんを軽くにらみつける亜衣子ちゃんが、そう問いかけると、
「私が話があるのは優芽先輩ですから。亜衣子先輩たちには関係ないことです!」
　と、乃愛ちゃんはピシャリと言ってのけた。
「……わかった。行こうか?」
「ついてきてください」
　ここで逃げちゃダメなんだ。
「優芽……」
「平気?」
　なんて、ふたりが心配してくれたけれど。
　乃愛ちゃんのあとに続いて歩きだしながら、私は亜衣子ちゃんと奈々ちゃんに向かって微笑みかける。
"私は大丈夫だよ"
　……そんな気持ちを込めて。

　体育館の外まで連れてこられ、乃愛ちゃんは真剣な顔で口を開いた。
「単刀直入に言います。優芽先輩は、遥くんと別れたんですよね?　なんで今日、ここに来てるんですか?」
　ズキン。
　乃愛ちゃんの言葉がグサリと胸に刺さる。
　でも、ここで逃げてしまったら、いつもの私となんにも変わらない。

「……まだ、遥斗くんに伝えてないことがあるの。今日は、それを伝えに来た……」

ひと言、ひと言……嚙みしめるようにそう告げる私。

すると。

「……っ。優芽先輩は、なにもわかってない……。遥くんをどれだけ傷つけてるか……あなた、わかってるんですか!?」

今まで冷静に話していた乃愛ちゃんが、声を張りあげた。

ビクッ。

そのあまりの剣幕に、私は肩をすくめる。

「遥斗くんを傷つけてる……？」

「そうです。優芽先輩は、わかってないんですよ。あなたがどれだけ遥くんに大事に想われているか」

グッと唇を嚙みしめ、くやしそうな表情を浮かべる乃愛ちゃん。

……ううん、ちがう……大切にされてるのは、乃愛ちゃんだよ……。

私がそう言おうと口を開いた時、

「優芽先輩。今、『大切にされてるのは乃愛ちゃんのほうだよ』とか考えたでしょ？　……鈍感なのも大概にしないと、本当に私がとっちゃいますから」

と、乃愛ちゃんがあきれたように言葉を発した。

「……え……」

「あ〜もう！　ハッキリしないから、あんなウワサ流されるんですよ!!　……言っときますけど、助言するのは今回だけですからね。私も、自分とのウワサが原因で遥くんと

優芽先輩が別れたとか、気分よくないし……」
　そこまで言うと、乃愛ちゃんはくるりと踵を返す。
「……私が言いたかったのはそれだけです。じゃ、私はマネージャーの仕事があるんで」
　そして、そう言って、いまだにポカンとしている私を置いてさっさと歩いていってしまった。

　乃愛ちゃんが立ち去ってから、数分が経った。
　いまだに私は、状況がよくのみこめずに、その場に立ちつくしていた。
『優芽先輩は、わかってないんですよ。あなたがどれだけ遥くんに大事に想われているか』
『鈍感なのも大概にしないと、本当に私がとっちゃいますから』
　乃愛ちゃんのさっきの言葉が、頭から離れない。
　それに、なんだか目が覚めた気がする。
　私、自分のことばかりで……全然、遥斗くんのこと考えていなかった……。
　なんでも決めつけて、遥斗くんもなにかを伝えようとしてくれていたのに、それも聞かないで……。
「私が……傷つけたんだ……」
　そう思うと、ギュッと胸が締めつけられる。
　その時。
「試合、もう始まってるって」
「マジ？　急がなきゃ」

うしろから、知らない女の子たちのそんな声が聞こえてきた。
　……試合、始まったんだ……。
　その声につられ、ぼんやりと時計を見る。
　試合が始まってから、すでに５分が経っていた。
『あ～もう！　ハッキリしないから、あんなウワサ流されるんですよ!!』
　本当に乃愛ちゃんの言うとおり。
　私はそう考えると、クスリと笑みをこぼした。
　なんだかんだ言って、乃愛ちゃんの優しさを感じることができて、うれしくなる。
　……乃愛ちゃん、ありがとう。
　私は心の中でポツリとつぶやくと、体育館の中へと駆けだした。
　もう、後悔はしたくない。
　……そう思いながら。

「あ、優芽!!　戻ってきた！」
「大丈夫!?」
　私が観客席に戻ると、心配そうに私を待つ亜衣子ちゃんと奈々ちゃんの姿が見えた。
「ゴメン、心配かけて……。大丈夫だよ。それより……試合は？」
　私は呼吸を整えながら、すかさずそうたずねる。
「今、勝ってるよ!!　さっき、北川遥斗が点数入れてた」

……そっか、よかった。
　勝っているという言葉に、私は安心して胸をなでおろす。
「……どうだった？　百武乃愛は？」
　緊張した面持ちでそうたずねる奈々ちゃんに、私は、
「うん、いい子だなって思ったよ」
　と、笑顔で言った。
　亜衣子ちゃんも奈々ちゃんも、私の言葉に驚いたように見えたけど、
「そっか、それならよかった……」
「一瞬、修羅場か!?って焦っちゃったしね」
　と、最後にはホッとした様子で言ってくれた。
「……にしても、うちの学校のバスケ部って結構強いんだね？　知らなかったよ」
　奈々ちゃんがチラリと試合を見ながら、そうつぶやいた。
「だね、私も驚いた」
　亜衣子ちゃんも首を縦に振っている。
　とくに活躍しているのは、遥斗くんと涼太だ。
　どんどん点を決めるふたりのカッコよさに、夢中になって応援した。
　そうしているうちに、試合終了のホイッスルが鳴って……。
　観客席にいた人たちが、いっせいにわぁっと声をあげた。
　うちの高校は、相手の学校より30点近くリードして勝利した。
　涼太も他のみんなも……そして、遥斗くんも……本当にうれしそうな笑顔を見せている。

そんな姿を見つめていると、涼太がやってきて、次の試合までしばらく時間があると教えてくれた。
「……ほら、優芽……行ってきな？」
　亜衣子ちゃんに背中を押され、コートのほうを見ると、遥斗くんはちょうど体育館から出ていくところだった。
　私はその背中を追いかけ外に出て、そっと遥斗くんに近づいていく。
　……なんて言われるのか、怖いけど……それより、私が伝えたい言葉があるんだ。
　ゴクリとツバを飲んだ瞬間。
　パチリ。
　遥斗くんと目が合った。
「……優芽？」
　遥斗くんは驚いたような表情を一瞬見せたけど、すぐにニコリと微笑んで、こっちに近づいてきた。
　ドキン。
　それだけ、たったそれだけのことなのに、私の胸は高鳴りを隠せない。
「……見に来てくれたんだ……」
「……うん」
　軽くそんな言葉を交わす。
　でも、私が伝えたいのは、そんな言葉じゃないんだ！
　ちらほら人が通る、体育館前。
　だけど、そんなことも関係ない。
　言わなきゃ……！

意を決して、私が口を開いた瞬間。
「……好きだ」
　……え？
　遥斗くんが少し切なそうに発した声にさえぎられてしまった。
「……ずっと、優芽を不安にさせて……ゴメンな。でも俺、やっぱりお前がいないと……ダメなんだ……」
　遥斗くん……。
　不安にさせてたのは、私のほうなのに。
　好きだって伝えなきゃいけなかったのは、私のほうなのに。
　こうしてまた、私は幸せをもらってばっかりだね……。
　私は遥斗くんの言葉に、フルフルと首を振りながら、
「……私も、勝手にヤキモチやいちゃって……遥斗くんの話、聞こうとしなかった……」
　と答えた。
　同時に、うれしさが込みあげる。
　遥斗くんも私と同じ気持ちだったんだってことに。
　乃愛ちゃんの言ったとおりだった。
　想いも伝えないまま、すれちがって、勝手に傷ついて……。
　知らない間に、遥斗くんを傷つけてしまっていた。
　だけど、もうそんな自分とはお別れする。
　これからは、遥斗くんにもっともっと伝えたい。
　だって、遥斗くんのことが……こんなにも好きだから。
　好きな気持ちで、あふれているから。
「……私は、遥斗くんのこと大好きだよ」

素直に自分の気持ちを伝えると、遥斗くんは、照れたように微笑みながら、そっと耳もとに唇を寄せて……、
「優芽、愛してる」
　と、優しく言ってくれた。

エピローグ

それぞれの進む道

　遥斗くんと仲直りしてから数ヶ月の時が流れ、今は10月。
　私はまた平穏(へいおん)な日々を取り戻し、遥斗くんともうまくいってる。
　遥斗くんのファンは相変わらず多いけど……今は自分の気持ちを大切にして、遥斗くんのことも信じようって思えるようになったから。
　私たち３年生は、進路がそろそろ決まってくる時期。
　ちなみに、私と亜衣子ちゃんは、推薦で大学が決まっていて……。
　遥斗くんと涼太も、バスケの推薦で大学を決めていた。
　そして、残るは……。
「あ〜、やべぇ……マジ、無理。俺、なんで就職(しゅうしょく)にしなかったんだ〜？」
　なんて、悲痛な声をあげる溝口くんと、
「うっさい、口を動かすなら手を動かしなさいよ！」
　と、溝口くんにキレている奈々ちゃんのふたり。
　奈々ちゃんは医療(いりょう)系の専門学校に行くことを決めているし、今の奈々ちゃんの成績なら十分足りるはずだから、あまり心配はしてないけど……。
　私は横目でチラリと溝口くんを見た。
　溝口くんは、まだとくに行きたい大学も決まってないらしく、ちょっと心配している。

……まぁ、奈々ちゃんがついてるから大丈夫そうだけど。
　奈々ちゃんと溝口くんのふたりは、9月にあった文化祭でようやく付き合いはじめたらしい。
　今ではすっかり……。
「アンタ、こんな問題もわかんないの!?　家で勉強したわけ?」
「うっせーな、わかんねぇもんはわかんねぇんだから!!」
　……ラブラブになったかは定かではないが、奈々ちゃんは文句を言いつつ、溝口くんの勉強に付き合ってあげている。
　いつも楽しそうなふたり。
「はぁ……最近巧も忙しそうだから、あんまり連絡できないんだよね〜」
　亜衣子ちゃんがつまらなそうにぼやく。
　巧くんは亜衣子ちゃんと同じ大学を目指して、受験勉強に勤しんでいるらしい。
　……亜衣子ちゃんの大学レベル高いから、巧くんも大変だろうな……。
　私はそんなことを考えながら、クスリと笑みをこぼした。
「ね、受験終わったらみんなでどこか遊び行こうか?」
　亜衣子ちゃんがニコリ笑って、みんなにそんな提案をする。
「はいは〜い!　行く行く!!」
　一番に反応したのは溝口くん。
「バカ、アンタは大学受からないとダメだからね!　もちろん、私は行くけど」
　奈々ちゃんも溝口くんをたしなめながら、そう言った。

「そうだね。溝口は受験受からなかったら、メンバーから外さなきゃ」
　亜衣子ちゃんが奈々ちゃんに便乗し、そんなことを言ってニヤリと笑うと、
「……そりゃねーよ」
　と、溝口くんは本気で落ちこんでいるように見えた。
「受かればいいのよ、受かれば。ね、奈々？」
「そうそう、亜衣子の言うとおり」
　ふたりにからかわれる溝口くんがあまりにもおもしろくて、思わず噴きだしてしまいそうになる。
「溝口、どんまい。がんばれよ？」
　バスケの推薦で早々に大学が決まった涼太は、軽くそんな言葉を投げかけた。
「……ちっ。俺も部活してれば……」
「はい、バカ言わないの〜。涼太はアンタより成績いいでしょーが！」
　パシッと奈々ちゃんに頭をたたかれ、溝口くんは不機嫌そうに首をすくめる。
　いつまでもこんな日々が続いてほしいって、心の底からそう思う。
　みんなと出会えたことで、自分自身すごく成長することができたし、なにより亜衣子ちゃん、奈々ちゃん、涼太と溝口くんという、大事な大事な仲間ができた。
　「ありがとう」を、いくら言っても言いつくせないくらいに。

……そして。
「優芽」
　教室のドアの方から響く私の名前を呼ぶ声に、思わず頬がゆるむ。
「迎えに来た。帰るぞ」
　少しぶっきらぼうな、遥斗くんの言葉。
　でも、それは彼の照れ隠しなんだと、最近気づいた。
　そんな遥斗くんがかわいくて、
「うん！」
　と、気づけば満面の笑みで答えていた。
「じゃあ、みんな、また明日ね！」
　机の横にかけていた荷物を手に取り、亜衣子ちゃんたちに向かってそう言う。
　そして、そのまま私は、遥斗くんに駆けよった。
「また明日ね、優芽！　北川くんも！」
「ばいばーい」
「じゃーな」
「またな！」
　亜衣子ちゃん、奈々ちゃん、涼太、溝口くんの声がうしろから聞こえる。
　私は振り返って、
「バイバイ！」
　と元気よくみんなに声をかけた。
　その隣で遥斗くんも、ヒラヒラとみんなに向かって軽く手を振っていた。

……あの日。
優しく私の名前を呼んでくれるあなたに出会えたこと。
そして、今もこうして一緒にいられること。
それが私の、いちばんの幸せ。

＊end＊

番外編
Side love story

湊と乃愛の場合。

【乃愛 side】
　マネージャーをつとめる男子バスケ部の、大会初日。
　私は、体育館へと向かう優芽先輩の姿に、胸をなでおろしていた。
　ついさっき優芽先輩に、言いたいことを伝えた私。
『優芽先輩は、わかってないんですよ。あなたがどれだけ遥くんに大事に想われているか』
『鈍感なのも大概にしないと、本当に私がとっちゃいますから』
　……そんなことを。

　私は２歳年上のイトコ、北川遥斗くんのことがずっと好きだった。
　すっごくキレイな顔で、小さい頃はよく女の子とまちがえられていた遥くん。
　物心ついた時には、すでにそんな彼が好きだった私。
　小学校の頃までは、よく一緒に遊んでいた。
『遥くん、私、大きくなったら遥くんのお嫁さんになるー！』
　そういえば一度だけ、そう言ったことがあったっけ？
　その時遥くんは、小学校高学年くらい。
　クスクス笑いながら、
『楽しみにしてる』

って、言ってくれた。
あの時、私、うれしかったんだ。
もしかしたら、遥くんも私と同じ気持ちかもって……。
でも、現実はそう甘くない。
遥くんは、いつまで経っても私のことを妹としてしか見てくれてなくて。
私は薄々、それに気づいていた。
そして、遥くんは高校生になった頃から、女遊びが激しくなった。
もともと整ったキレイな顔の彼を、女が放っておくわけない。
たびたび街で遥くんを見かけたけど、毎回連れているのはちがう女。
悲しかった。切なかった。
……胸がギューッと苦しくなるくらいに……。
ねぇ、遥くん……私じゃ、ダメなの……？
私じゃ、遥くんを癒やせる存在にはなれないの？
そう考えると、夜もろくに眠れなかった。
だから、私は決心したんだ。
遥くんと同じ高校に行くことを……。
２歳年上の遥くんとは、１年しか一緒にいられないけど、それでもいいと思った。
……少しでも遥くんのそばにいたい。
その気持ちだけは、本物だったから。

……そして、それから２年の歳月が流れ……。
　私は、無事に遥くんと同じ高校に合格。
　うれしくてうれしくて、仕方なかった。
　けど、私が入学した時……遥くんには、彼女がいた。
　ショックだったけど、どうせ今回も遊びの女だろうと割りきっていた私。
　でも、遥くんとその女を見かけるたびに、不安が募っていく。
　遥くんは、もしかしたら本気で好きなんじゃ？
　そう感じてしまうくらい、遥くんは私にだって向けたことのないくらい優しい顔で、あの女……優芽先輩を見ていたんだ。
　桜庭優芽先輩。
　とりたててかわいいわけじゃない普通の容姿。
　最初は、なんで遥くんは、あんな女と付き合ってるの？なんて思っていた。
　……負けたくなかった。
　遥くんを一番好きなのは、私なんだから!!
　そう思っていたのに……。

　この前、部活中に、急に練習を飛び出した遥くん。
　そのあと帰ってきた時に見せた切なそうな姿を見た瞬間、どうしたんだろうと心配になった。
　そして、涼太先輩と遥くんが話しているところにそっと近よると、聞こえてきた会話。

『……別れたって……お前、なにがあったんだよ!?』

涼太先輩の驚いたような声。

それを聞いた瞬間、あのウワサは本当だったんだと確信した。

最近よく耳にしていた、遥くんと優芽先輩の破局(はきょく)説。

……遥くん、本当に別れたんだ……！

私にとっては、うれしい話でしかないはずだった。

でも、なんだか心がモヤモヤして……。

優芽先輩っていう邪魔な存在がいなくなったのに……素直に喜べない私がいた。

……なんでなの？

なんか、すっごくイヤな気分。

実は、このウワサを初めて聞いたときから、なぜか私はモヤモヤしていた。

『北川先輩と桜庭先輩が別れたってホントかな!?』

クラスメイトの女子たちが楽しそうにそんなウワサを話すのを聞くだけで、イライラしていた。

……たぶん、いや、絶対に、遥くんとウワサされている１年の女子って、私のことなんだろうけど……。

遥くんが私に気がないことくらい、妹みたいにしか思ってないことくらい……私だってわかってるんだ。

なのに……その程度のウワサで、崩れちゃうくらいの想いだったの？

優芽先輩の遥くんに対する気持ちは、その程度だったの？

そう考えると、さらに私の中のイライラが増した。

遥くんを傷つけるなんて、ありえない。
　あんなに大事にされているくせに。
　私がどれだけ望んだって手に入れられないものを……あなたはもらっているのに。
　こんなにも、遥くんから愛されてるくせに……！

　そして、今日。
　バスケの試合に来ている優芽先輩を見て……思わず先輩を呼び出し、自分の想いをぶちまけた。
「……はぁ……」
　体育館の外にあるベンチに座って、ため息をこぼす。
　もし、このまま優芽先輩がなにも行動に出なかったら、本当に遥くんをとってやるつもりだったけど……。
「……遥くんが選んだのは、私じゃないもんね……くやしいけど……」
　この数ヶ月間の遥くんを見て、私も少しあきらめかけていた。
　だって遥くん、いつも優芽先輩しか見てないんだもん。
　最初は、それでもいいって……そう思ってた。
　いつか、振り向かせてみせるって……。
　でも。
「私は遥くんに、あんな顔させられないしね……」
　遥くんの表情に変化があるのは、優芽先輩のことだけ。
「……勝ち目ないよ」
　そう言葉にすると、私の頬を涙がひと筋伝った。

「あ〜……もう泣くつもり、なかったんだけどな……」
　あとからあとからこぼれ落ちる涙は、止まる気配がない。
「……この気持ちも、一緒に流れちゃえばいい……」
　そうつぶやいた瞬間。
　——コツコツ……。
「……!!」
　誰かがこっちに歩いてくる気配を感じて、あわてて涙を袖でぬぐった。
「……悪い、見るつもりはなかったんだけど……」
　その声につれられ、私が振り向いた先にいたのは……。
「……桐谷くん……」
　同じバスケ部の1年生、桐谷湊。
　たしか、涼太先輩の弟だったっけ？
　本当に申し訳なさそうな桐谷くんを横目で軽くにらみつけ、
「どうせなら、知らないフリしてくれればよかったのに」
　と、吐き捨てるように言いはなった。
「……ゴメン」
「べつに、桐谷くんが謝ることじゃないし、てか、桐谷くんこそいいわけ？」
　私はそこまで言うと、一度黙りこむ。
　そして。
「……桐谷くんだって、優芽先輩のこと好きだったんじゃないの？」
　そう続けると、一瞬、ほんの一瞬だけど、桐谷くんの目

が見開かれたのを、私は見のがさなかった。
「やっぱり桐谷くん、優芽先輩が好きだったんだね……。いいの？　まだ間に合うかもよ？」
　わざとけしかけるように言う私。
　すると、桐谷くんはフッと曖昧な笑みをこぼして、切なそうに告げた。
「俺の場合は、最初から言うつもりなかったし。それに、好きっていうより、ただ興味があっただけってのが正しい」
　……ウソつき、本当は好きだったくせに。
　桐谷くんの表情から、私はそう思ったけど、あえてそれは言わなかった。
「それにさ、アンタも遥斗先輩のこと思って身を引いたんだろ？　……俺も同じかな……」
　そこまで言うと、桐谷くんはギュッと拳を握りしめた。
　きっと、桐谷くんは桐谷くんなりに優芽先輩のことを想っていたんだろうな……。
「……早く、次の恋探さなきゃね」
　ポツリとそうつぶやいた私の声は、桐谷くんにも届いただろうか……。

　あのバスケの大会から1週間が過ぎた。
　うちの高校のバスケ部は今も順調に勝ち進んでいて、次は準々決勝。
　そのため、最近はさらに練習量が増えていて、みんな大変そうだ。

そして。
「なんか、遥斗先輩たちヨリ戻したらしいよ?」
「な〜んだぁ……告白しようかと思ってたのにぃ〜」
　私のクラスでは、こんなことがウワサされるようになっていた。
　遥くん、優芽先輩の復縁。
　そんな情報が、一気に校内を駆けめぐっていたのだ。
　……まぁ、あんだけ仲よさそうにしてたら、バレても仕方ないんだろうけど……。
　移動教室のときにチラリと３年生のほうの教室を見ると、遥くんと優芽先輩が楽しそうに話している姿が目に入ってくる。
　ちょっと前まであんなにギクシャクしていたのが、ウソのよう。
　……ま、遥くんが優芽先輩を溺愛してるんだけどね……。
　そう思うと、軽いため息が漏れた。
　ふっきれたと思っていたけど、長年の想いはすぐには消えてはくれないらしい。
　でも、私はあの時、決めたんだ。
　遥くんの幸せを一番に考えようって。
　だから、当分はこの気持ちが消えてくれなくても、心の中だけに秘めておくことにしたんだ。
　優芽先輩、次に遥くん悲しませるようなことしたら、絶対に許さないですから！
　私はそう思いながら、サッとふたりから視線を外して前

を見る。
　すると。
「百武さん……あの、今ちょっといいですか？」
　知らない男子が、唐突にそう言いながら近づいてきた。
　……また？
　この頃、急に男子に呼び出される機会が増えた私。
「いいよ、なにか用？」
　正直かなり迷惑しているんだけど、イヤな素振りは見せないように、ニコリと微笑みながらそう聞いた私。
　それだけで、目の前にいる男子は顔をまっ赤にする。
「あ、あの……ずっと前から百武さんのことが好きでした!!付き合ってください！」
　男の子が口に出したのは、お決まりのそんなセリフ。
　予想していた言葉に、思わず噴きだしそうになったけど、どうにか堪えた。
「……ゴメンなさい。私、今好きな人がいるからあなたとは付き合えない」
　そして、少しうつむきながら、こんなお決まりのセリフで相手に返事をした。
「そっか、わかった……」
"好きな人がいる"
　この言葉だけで、みんな簡単に引きさがっていく。
　……単純すぎだよね。
　だけど、最近ひとつ困っていることがあった。
　それは……。

「乃愛ちゃ～ん、今日もめっちゃカワイイね！　俺と付き合って！」
　……ある３年の先輩に、毎日のように告白されること。
　最初はいつものお決まりのセリフで返したんだけど、この人だけはかなりしつこい。
　名前もよく知らないけど、ちょっと柄が悪い感じで、好きじゃないし。
　でも、さすがに３年の先輩を邪険にはできなくて……。
「……すみません、私、好きな人が……」
　また同じセリフを告げる。
　この言葉も、何度口にしたかわからないほど。
　本当だったら、
『いい加減にあきらめろ、ウザイ』
　くらいの言葉を言ってやりたいけど、そういうわけにもいかない。
「え～、つれないなぁ～」
　……ウザッ。
　語尾を伸ばすようなしゃべり方に、イライラする。
「すみません」
　私はそれだけ言って軽く頭をさげ、そそくさとその場をあとにした。
　最後に先輩がニヤリと不敵に笑った気がしたけど、それも無視して……。

「まだなにか用ですか……？」

「もう、本当に乃愛ちゃんはつれないなぁ〜」
　その日の昼休み。
　私は、また例の先輩から人気のない校舎裏に呼び出しをくらっていた。
「……何度も言うようですが、私には好きな人……」
　いつもの断り文句を言おうとした時、
「それってさ、乃愛ちゃんいつも言うけど……誰なの？」
　思いがけず、先輩にツッコまれてしまった。
　誰って……そんなの、遥くんに決まってる。
　けど、そんなこと言ったら、せっかく優芽先輩と仲直りしたのにまたギクシャクしてしまう可能性が高い。
　……どうしよう。
　そう思って、私が口を閉ざしていると。
「ふ〜ん？　やっぱ、好きな人なんて本当はいないんでしょ？」
「……は？」
　にっこりとうれしそうに笑った先輩が、そう言って近づいてくる。
　その距離はどんどん縮まって……。
「……離れてください」
　私は、校舎の壁際まで追いつめられてしまった。
「じゃあ、乃愛ちゃんの好きな人教えてよ？　そしたら俺は潔くあきらめるからさ」
　先輩のその言葉に、ギュッと唇を噛みしめる。
　……言えたらどんなにラクだろうか。

でも。
「……言いたくないですから」
　私は凛とした態度でそう言いはなつ。
　さすがに先輩も少し驚いたように目を見開いたけど、すぐにニヤリと不敵な笑みを浮かべて、私を見つめた。
「じゃ、俺もあきらめられないな。てか、乃愛ちゃんのその顔、超そそる」
　ゾクッ。
　背中を冷や汗が流れる。
　なんだかイヤな予感がした。
　うしろにさがろうとして、私はハッとする。
　……そう言えば、すでに壁際に追いつめられてたんだっけ？
　私が焦る様子を見て、先輩は楽しそうに顔を近づけてきた。
「……イヤっ！　来ないで!!」
　思わず、そう叫んだ時。
「乃愛〜、こんなとこいたの？　探したじゃん」
　男の子の、そんな優しい声が響いてきた。
「……え？」
「……誰だよテメー、邪魔すんな」
　驚いて目を見開く私と、不機嫌そうに舌打ちする先輩。
　そして、その声の主は……。
「いや、先輩こそ、彼女イヤがってるんで、そこどいたらどうすか？」
「……桐谷くん」

あきれたような表情を浮かべた……桐谷くんだった。
「……は？」
　さらに不機嫌そうに、桐谷くんをにらみつける先輩。
「いや、だから乃愛がイヤがってるんで、どいてくださいって言ってるんですけど？」
　そして、そんなことに物怖じしない桐谷くん。
　その時、私はとっさに……。
「……彼が私の好きな人ですっ！」
　そう叫んで、呆気にとられた先輩を押しのけ、桐谷くんのほうに駆けだした。
「……乃愛ちゃん!?」
　先輩に名前を呼ばれたけど、そんなの無視して桐谷くんのうしろに隠れる。
「……そういうことなんで、先輩は空気読んでもらっていいですか？」
　一瞬、驚いたような顔をした桐谷くんだったけど、すぐにニコリと笑いを見せて先輩を挑発していた。
「……ちっ、べつに最初から本気じゃねーよ」
　そんな捨てゼリフを吐き、桐谷くんをにらみつけながら先輩は去っていった。
　……よかった。
「……大丈夫だったか？」
　安堵して胸をなでおろした私に、心配そうにたずねる桐谷くん。
「うん、ありがと」

軽い笑みを浮かべて、私はペコリと頭をさげた。
　まさか、こんな風に桐谷くんに助けられるなんて思っていなかった。
　だって、桐谷くんときちんと会話したのだって、あの大会の時、優芽先輩に説教したあとだけ。
　それにしても、なんでこんな所に？
　今さらながらそんなことを考え、不思議そうな表情を浮かべていると、そんな私に気づいたのか、桐谷くんと目が合った。
　ドキッ。
　……ドキッって？　なに……今の……。
　パチリと桐谷くんと目が合った瞬間、なぜか高鳴る私の鼓動。
　……なにかのまちがいよね……？
　苦笑いを浮かべてそんなことを考えていると、
「百武さ、もう少し危機感持ったほうがいいよ」
　と、桐谷くんが唐突に言った。
　さっきまで"乃愛"って言われてたせいか、なんだか違和感(わかん)を感じる。
　私を助けるためにそう呼んだだけって、わかってるのに。
「……危機感？　常に持ってるけど？」
　そう言う私を、桐谷くんはあきれたような表情で見つめてくる。
「さっきまで襲われそうになってたヤツが、なに言ってんだよ」

「……なっ。べつに、襲われそうになってたとしても、自分でなんとかできたもん」
　……私がそう言ったとたん、
「へぇ？　じゃぁ、自分でなんとかしてみれば？」
　と、桐谷くんは言ってきて……。
「……え？」
　突然、顔を近づけてきた。
「いや、ちょっ……え!?」
　目を見開く私をよそに、どんどん顔を近づけてくる桐谷くん。
　……う、ウソでしょ？
　思わず、ギュッと目を閉じてしまった。
「……？」
　だけど、目をつぶったものの、一向になにも起きる気配がない。
　そして、おそるおそる目を開くと、
「バカ、流されてんなよ」
　と言って、私を見つめる桐谷くんの姿が視界に入ってくる。
「な、流されてなんか……」
　顔が熱い。
　今、まっ赤になってるかもしれない。
「ま、いいけどさ？」
「なに言って……」
　──チュッ。
　軽いリップ音に、私は目を丸くした。

「な、なに……」
　驚きすぎて言葉が出てこない。
　口をパクパクさせて、今起こった出来事を頭の中で整理していた。
　……今、キ、キス……。
　言葉にしたいのに、なかなか声が出てこない私に、
「乃愛、あんまり隙(すき)見せないようにな？」
　と言うと、桐谷くんは不敵な笑みを浮かべたのだった。

　　　　　　　　　　　　　　　　＊番外編end＊

文庫限定番外編
Special after story

学園祭デート

【優芽 side】
「わぁ……大学って広いね」
　キョロキョロとあたりを見まわし、私は隣にいる遥斗くんに声をかけた。
「……あぁ。それにしても、自分から誘っておいて、姉ちゃんはなにしてんだか。大学の入り口で待っとけって言ってたくせに……」
　ハァ……と、遥斗くんは、軽くため息をつく。
　今日、私と遥斗くんは、遥斗くんのお姉さんの幸さんに誘われて、彼女の大学の学園祭に来ていた。
『よかったら、うちの大学の学園祭おいでよ！　遥斗には、私がうまく言っておくから』
　そんな電話が幸さんからかかってきたのが、今から５日前。
　幸さんとは、１ヶ月前に風邪を引いて学校を休んだ遥斗くんのお見舞いに家を訪れた時に知り合った。
　遥斗くんのお姉さん、北川幸さんは、大学２年生。
　ゆるくパーマをかけた明るい栗色の髪。
　背はスラッと高く、モデル体型。
　顔も小顔で、しかもかなりの美人さん。
　亜衣子ちゃんもスタイルいいし、かなり美人だけど、ちょっと幸さんの写真を見せたら、
『……なにこの人!?　超きれいじゃん！』

と、言っていた。
　雑誌のモデルさんに対しても、結構辛口な意見を述べる亜衣子ちゃん。
　そんな亜衣子ちゃんが素直に"美人"と認めるなんて、なかなかないことで……。
　……さすが、遥斗くんのお姉さん。
　きっと、大学内でもモテモテにちがいない。
　そんなことを考えていると、
「遥斗ー！　優芽ちゃん！　ゴメンね。遅くなって」
　幸さんが、私たちの名前を呼びながらこちらに向かって駆けよってきた。
「幸さん、お久しぶりです」
「久しぶり！　優芽ちゃん、会いたかったよ」
　ニコリと、私に向かって素敵な笑みを浮かべる幸さん。
　相変わらず美人……！
「……姉ちゃん、遅いんだけど」
「ゴメン、ゴメン。こっちも準備や仕事で忙しいのよ」
　遥斗くんに向かって軽く謝り、幸さんは、
「あ、優芽ちゃん！　これ、割引券と校内の地図。いろいろイベントもあるから、楽しんでいってね」
　と、私に言う。
「はい！　ありがとうございます。私、すっごく楽しみにしてたんです！　遥斗くんから聞いたんですけど、ミスコン出るんですよね？　応援してます！」
　幸さんの大学のミスコンは、各学部から選ばれた10人の

予選通過者の中から学園祭に来た一般(いっぱん)の人たちの投票でグランプリを決める。
　さらに、来場した一般の人たちの中から特別枠(わく)としてひとりが参加できる仕組みらしい。
「ありがとう。がんばるね！　２時から野外ステージだから、見に来て〜！　じゃあ私、準備があるからまたあとでね！」
　ヒラヒラと軽く手を振って、来た道を戻っていく幸さん。
「幸さん、すごいねー。ミスコン優勝まちがいなしだよ」
「でも、去年は準ミスだったらしくて。だから、今年は絶対優勝するって家で張りきってたよ……」
　遥斗くんは、少しあきれたように言う。
　……いやいや、準ミスでも十分すごいよ……。
　逆に、あの幸さんに勝ったっていう人のほうが気になるかも。
「優芽、せっかく割引券とかもらったんだし、ミスコンまで学園祭見てまわらね？」
　遥斗くんはそう言うと、私に向かって手を差し出す。
「うん！」
　私はにこりと微笑んで、その手を取った。

「遥斗くん！　あっちに模擬店(もぎてん)があるよ！　なんか食べない？」
「そうだな。もう昼過ぎてるしな」
　あのあと、体育館でのライブを見たり、お化け屋敷(やしき)など

で遊んだり、楽しい時間を過ごした私と遥斗くん。
　気づけば、時刻は午後1時を回っていた。
「優芽、俺がなんか買ってくるから、そこのベンチで待ってろよ。歩きまわって疲れてるだろ」
「あ、ありがとう」
　遥斗くんは優しく微笑み、私にそう声をかけると、模擬店に向かって足を進める。
　そんな優しさが、素直にうれしい。
　つい、口もとがゆるみそうになるのをどうにか抑え、私はベンチに腰をおろした。
　今日は、本当に来てよかった……。
　遥斗くんと、1日でこんなにいろいろ楽しむことができるなんて。
　こんな機会を作ってくれた幸さんに、感謝しなきゃ。
　そんなことを考えながら、笑みをこぼした時。
「ねぇ彼女、ひとり？　よかったら、俺らと学園祭まわろうよ」
　突然声をかけられ、私は思わず声の主に視線を向ける。
「へぇー。かわいいじゃん？　てか、まだ高校生くらいじゃね？」
「マジ？　この子、高校生なの？」
　目の前にいたのは、金に近いくらい明るい茶髪で、耳には大量のピアスをつけたふたり組の男の人。
　……え？　な、なに……。
「……っ」

急な出来事に驚いて、言葉が出てこない。
　そんな私にお構いなしで、
「黙っちゃって、かーわいい」
「つか、お前がチャラいから怖がってんだって」
「バーカ。そりゃ、お前もだろ」
　と、楽しそうに会話を進めていく男たち。
　今まで、亜衣子ちゃんとふたりでいるときに、ときどき男の人に声をかけられたりしていたけど、いつも亜衣子ちゃんが追いはらってくれた。
　けど、今は私しかいないんだから、きちんと断らなくちゃ！
「……あの、私、ひとりじゃないんで……」
　そう思って、口を開いたけど、
「え？　マジ？　友達と来てんの？」
「いーじゃん。じゃあ、その友達も誘おうぜ」
　と、ふたりは勝手に友達が女子だと解釈(かいしゃく)したのか、話を進めていく。
　そして……。
「ねぇ、じゃあ、その友達一緒に探しに行こうかー？」
　ひとりが私の腕をつかんだ、その時。
　　──バシッ！
「ってぇーな！」
　……!!
　誰かが勢いよく、その男の人の手を振りはらった。
「……触ってんじゃねーよ」
　遥斗くん……！

「な、誰だよ……お前」
　男たちは驚いた表情を見せる。
「それはこっちのセリフ。人の彼女になれなれしく触んないでくれる？」
　遥斗くんはいつもどおり冷静な表情だったけど、目が冷たい鋭さを帯びていた。
　……ど、どうしよう。
　今にもケンカが始まりそうな雰囲気に、思わずゴクリとツバを飲んだ。
　でも。
「……ちっ。なんだよ、彼氏持ちならさっさと言えよな」
「行こーぜ」
　男たちはそれだけ言い残し、去っていった。
　そのうしろ姿に、ホッと胸をなでおろす。
　よかった……。
　腕までつかまれたときは、さすがに怖かった。
　そう思っていると、
「優芽、なに絡まれてんの？　あんまり心配かけんなよ」
　と言って、遥斗くんはハァ……と軽くため息をこぼした。
「ご、ごめんなさい。私、亜衣子ちゃんみたいにビシッと断ろうとしたんだけど……なんか、失敗しちゃったみたいで……」
　あきれられた……よね。
　そう思って、下を向く私。
　その時。

「……あれ？　そういえば、遥斗くん。なにも……買わなかったの？」
　遥斗くんが手になにも持っていないことに気づいた。
　模擬店に行って買い物してたはずだよね……？
「……優芽が絡まれてるの見て、急いで来たから」
　ドキン。
　……私のために、急いで来てくれたんだ。
　……どうしよう、すごくうれしい……。
　ドキドキと高鳴る鼓動をなんとか抑え、私は遥斗くんのほうに顔を向ける。
「……急いできてくれて、助けてくれてありがとう」
　素直に感じた気持ちを言葉にした私。
　遥斗くんは一瞬、きょとんとした表情を浮かべたけど、すぐに優しく笑ってくれた。
「まぁ……優芽がナンパされたら、俺がイヤだし……ほら、行くぞ」
　そう言って、遥斗くんはギュッと手を握ると、私の指と自分の指とを絡ませる。
「……!?」
　これって……恋人つなぎ……だよね。
　急な行動にとまどいを隠せず、カアッと頬が熱くなるのを感じた。
　……今、絶対顔赤い……よね。
「こうしとけば、さすがにもう声かけてこねーだろ」
「……う、うん」

ギュッと握られる手の感触がいつもとちがうからなのか、なかなかドキドキが収まらない。
　そんな私に対して、遥斗くんはいつもどおりのポーカーフェイスで、余裕さえ感じられる。
　うぅ……遥斗くんは平気なのかな？
　私だけドキドキしてて、遥斗くん、ズルイよ……。
　そのまま、私たちは模擬店のほうに向かって歩きだした。

「このタコ焼きおいしい！」
　模擬店で買ったタコ焼きにパクついて、思わず感嘆の声を漏らす。
　すると、そんな私に向かって、
「……優芽、ゆっくり食べてる時間ないかも。そろそろ姉ちゃんが出るミスコン始まる」
　と、スマホで時間を確認していた遥斗くんが言った。
「え、もうそんな時間？　じゃあ、急がなきゃ」
　タコ焼きのフタを閉めて袋に戻し、私は勢いよく立ちあがる。
「姉ちゃん、野外ステージって言ってたよな？　……こっちだな」
「あと10分くらいで始まっちゃう！　遥斗くん、急ごう」
　先ほどもらったパンフレットにのっている地図を頼りに、私たちはバタバタとあわてて走りだした。

「……野外ステージってここ……かな？」

「地図見ると、合ってると思うけど？　……にしては、なんか、やってることちがうよな……？」
　私たちがたどりついたのは、グラウンドに建てられた野外ステージ……のはずなんだけど……。
　ステージ上で繰り広げられているのは、どう見ても、ミスコンではなく……。
「ずっと、前から好きでした！　私と付き合ってください」
「……俺も、ずっと好きだった」
　"告白"だった。
「おーっと!!　告白成功！　おめでとうございます！　さぁ、続いての告白は～」
　司会者のそんな言葉に、会場がざわめく。
　ステージ上の幕には、
『飛び入り大歓迎!!　リアル告白大会』
　と、書かれた文字。
　どうやら、ステージの上で、司会者に指名された人たちが好きな人に告白をするというイベントのようだ。
　……リアル告白って……。
　ミスコンはどうなったのかな？
　そんなことを考えながら、ふとステージに視線を注いだ時。
　パチッ。
　司会をしていた男の人と目が合ったような気がした。
　……!?　今、目が合った……？
　なんだかイヤな予感がして、私は、バッと顔を伏せた。
　だけど……。

「では、次の告白は、今私と目が合って勢いよく顔を伏せた彼女にしてもらいましょう！　はーい、そこの白いパーカーを着た彼女！　ステージに来てくださーい!!」

　……白いパーカーって……私!?

　驚いて、顔をあげると、私に向かって手招きをしている司会者の姿が見える。

　それと同時に、まわりの観客からの視線が痛いほど刺さった。

　ウソでしょ!?　こんな大勢の前に立つなんて……。

　サーッと血の気が引くのを感じ、思わず足がすくむ。

　もともと、人前に立つのが苦手な私。

　文化祭の時は、くじで決まったからやむなく劇に出たけど……高校の文化祭とは比べものにならないくらい規模が大きい、大学の学園祭。

　さらに、このイベントは人気があるのか、野外ステージの観客は超満員。

　だけど、まわりの人はみんな期待の眼差しでこっちを見ていて、どう言い訳を考えても断れる雰囲気じゃない。

　司会者の人も「早く早く！」と手招きしている。

　……行かなきゃ、ダメだよね。

　意を決して、ステージに向かって歩きだそうとした時。

「……はい。彼女の代わりに俺が出ます」

　そんな声が隣から聞こえてきた。

　……遥斗くん!?

「おぉ!!　みずから告白したいという人が現れたー!!」

司会者があおり、まわりの観客も「おぉー！」「イケメン！」と盛りあがる。
「それでは、隣の彼、ステージにどうぞ」
　司会者の呼びかけに、隣にいた遥斗くんがステージに向かって歩いていく。
　……遥斗くん、私がこういうの苦手って知ってるから……わざと自分から手を挙げてくれたんだ。
「さぁさぁ、みずから名乗りをあげてくれた彼がステージに到着しましたー！　お、イケメンですね！　では、軽く自己紹介をお願いしまーす」
　陽気な司会者の声が、野外ステージの周囲に響きわたった。
「……北川遥斗……。告白っていうか、付き合ってる彼女に対してひと言だけ……」
　と言って、私に視線を向ける遥斗くん。
「なんと、付き合ってる彼女に対しての告白！　いいですね!!　では、お願いします！」
　遥斗くんがなにを言おうとしているのかとドキドキしながら、私は耳を傾けた。
「正直、俺のほうが"さっき"緊張してたから」
　マイク越しに、本当にひと言だけそう言うと、遥斗くんはさっさとステージをおりてしまう。
「……え？　さっきって、いつのこと？」
「なんか、なにが言いたいのかよくわかんなかったね」
　遥斗くんの発した言葉の意味がわからず、会場中のみんながポカンとしている。

その中で……。
「……っ」
　私は、気づいていた。
　"さっき"が意味する時間を。
　たぶん……いやきっと、遥斗くんの言っている"さっき"というのは……。
「……優芽、もう行くぞ」
　そこまで考えていた私に、隣に戻ってきた遥斗くんが声をかけた。
　そして、私の手をつかみ、野外ステージをあとにする。
　私がその手を握り返すと、遥斗くんはさらに手に力を込めてギュッとしてくれた。
　"さっき"って……恋人つなぎのことだよね。
　前をスタスタと歩く遥斗くんの様子を、ちらりとうかがう。
　ちょっとだけ耳が赤くなっているのがかわいくて、自然と笑みがこぼれた。
　……私たち、同じ気持ちだったんだね。
　そう思うと、なんだかうれしくて、私はもう一度微笑んだ。

「それにしても、ミスコンはどうなったんだろう」
「あぁ。なんか、時間が変わったらしい。さっきのイベントが終わってからだって、ステージの横のボードに書いてあるのが見えた」
「そうなんだ！」
　……時間が変わったのか。

幸さん、どうしてるかな？

いろいろな思いが頭の中をよぎる。

「どうせなら、姉ちゃんのところ行ってみるか？　俺、家族だし、控え室とかにもたぶん入れるだろ」

「……で、でも、邪魔にならない？」

「大丈夫、大丈夫。つか、俺が行くより優芽に来てもらった方が絶対喜ぶから」

と言って、遥斗くんは優しく微笑んだ。

「……そうかな？　それなら、幸さんの応援しに行きたいな……」

「よし！　行くか。まぁ姉ちゃんのことだし、緊張とかする性格じゃないとは思うけど」

そう言いながら、キョロキョロとミスコンの控え室の場所を探す遥斗くん。

なんだかんだ言って、きっと幸さんのこと心配してるんだよね……。

姉弟ってうらやましい。

私はひとりっ子だから、とくにそう思ってしまうのかもしれないけど。

……私も、幸さんみたいなお姉さん、欲しかったなぁ。

そのとき、近くの建て物の入り口に"ミスコン関係者控え室はこちら"と書かれているのを見つけ、私たちは一緒に足を進めた。

——ガヤガヤ。

「うわ……人、多っ」
　建て物の中に入り、最初に見えたドアを開けた瞬間、遥斗くんが驚いたようにとつぶやいた。
　授業で使う講義室のような部屋の中には、たしかにすごい人の数。
　ミスコン出場者はもちろん……それ以外にも、衣装を運んでいる人、メイクしている人、ヘアアレンジをしている人など、たくさんの人で部屋中があふれかえっている。
　……やっぱり、邪魔だったかな？
　そう思ったけど、とくに注意されることもなかった。
「結構本格的だな」
「そうだね。それに、みんなきれいな人ばっかり」
　さすがに代表に選ばれるだけあって、出場者と思われる人たちはどの人もすごくきれいで、思わず目を見張る。
「……にしても、姉ちゃん、どこにいるんだ？」
「人多くて、よくわかんないね」
　なるべく邪魔にならないように、小声で話していると。
「……あれ？　遥斗？　それに優芽ちゃん！」
　私たちのうしろから、そんな聞き覚えのある声が聞こえてきた。
「幸さん!!」
「ふたりとも、控え室まで来てくれるなんて思ってなかったわ！」
「姉ちゃん。ここ、人多すぎ。衣装やらメイク道具やら転がってて、足の踏み場もねーし」

「あは。すごいでしょ？　この大学の学園祭、毎年ミスコンには力入れてるからねー」

　ニコニコと笑みを浮かべながら、幸さんは遥斗くんに言葉を返す。

「幸さん、その衣装スッゴく似合ってます！　めっちゃくちゃきれいです‼」

「本当？　ありがとう。優芽ちゃんにそう言ってもらえると、なんか照れるな」

　幸さんの衣装は、黒を基調としたAラインのドレス。

　ところどころにスパンコールが散りばめられていて、とてもゴージャスな印象。

　それに、背中が大きく開いていて、スタイルのいい幸さんにはぴったりだ。

「……応援してますから、がんばってください‼」

「うん。ありがとうね。あ、もうあと15分くらいで始まるし、そろそろ野外ステージの方に行ってたほうがいいかも。ステージのまわり、すぐいっぱいになっちゃうし」

　ちらりと部屋の中にある時計を確認してから、幸さんはそう言って私と遥斗くんを見た。

「はい！　じゃあ、しっかり見てますから！　がんばってくださいね！」

「じゃーな。姉ちゃん、がんばれよ」

　それだけ言って、私たちが足早に控え室を出ようとした時。

「幸ー！　大変、大変！」

「静香(しずか)？　どうしたの？　そんなにあわてて……」

突進するような勢いで、誰かが幸さんに抱きついてきた。
「実はね、パフォーマンスの時に参加してもらう予定だった理沙が、熱出しちゃったらしいの……。その時に着る予定だったドレス、理沙用に作っちゃったから、ちょっと小さめなのよね。だから、なかなか入る子いなくて……」

本気で困っているのか、静香さんと呼ばれた女の人は、今にも泣きだしそう。
「理沙が？　それは困ったわね……。今回のドレスのテーマの"天使と悪魔"も、理沙がいないと成り立たなくなっちゃうし……。理沙くらいの背丈の子って……ん？」

パチリ。

一瞬、幸さんと目が合った。

……え？

そして、幸さんはニヤリと不敵な笑みを浮かべたかと思うと、
「……ねぇ。静香……あの子どう？」

と言って、私に向かって手招きをする。

なんだかすごくイヤな予感しかしないけど、とりあえず近づく私。

遥斗くんもなにかを察したのか、少し不機嫌そうな表情で幸さんを見ていた。
「……幸さん、呼びました……？」
「うん。優芽ちゃん、ちょっと質問なんだけど……身長何センチ？」
「身長……ですか？　155センチですけど……」

「本当に!?　それなら入るわ!!」
　私が言った瞬間、幸さんの隣にいた静香さんという女の人が、パッと表情を明るくした。
　そして、私の顔を観察するようにジーッと見てから、うれしそうに微笑んだ。
「うん！　顔もかわいい系だし！　イメージにも合うわ！」
　え？　え？
　イメージって、なんのこと……!?
「幸の知り合い？」
「ええ、弟の彼女なの。桜庭優芽ちゃんよ。優芽ちゃん、この人は、私の大学の友達の広瀬静香」
　幸さんに紹介されて、私は軽くお辞儀をした。
「こ、こんにちは。桜庭優芽です」
「こんにちは。広瀬静香よ。よろしくね！　優芽ちゃん！」
　おたがい自己紹介が終わると、幸さんは真剣な表情で、
「ね、優芽ちゃん。お願いがあるの。実はね、このミスコンではパフォーマンスっていうものがあって、私は対照的なドレスの子と一緒に歩く予定だったんだけど……その子が来れなくなっちゃったみたいなの。そこで！　優芽ちゃんに代役をお願いしたいんだけど……どう？」
　と、言って、私を見つめる。
「……代役……ですか？」
「うん。出る予定だった子の体型が、優芽ちゃんに近いの」
　静香さんも強い眼差しで私を見る。
「優芽ちゃん、お願い！　他にいないのよ」

……どうしよう。責任重大だよ。
　さっきの告白イベントの観客数にも怖じけづいちゃった私が、ミスコンのステージなんて……。
「……姉ちゃん、あんまり優芽に無理言うなよ。優芽、人前で目立つの苦手なんだよ」
　……遥斗くん。
　私たちの様子を少し遠巻きに見ていた遥斗くんが、私をかばうように言葉を発した。
　また、私のことフォローしてくれたんだ。
　そう思うと、うれしい反面、自分自身が情けなくなる。
　……いつまでも、遥斗くんに守られてばかりじゃダメだと思うから。
「……あの、私、自信ないですけど……私でよければやってみます」
　意を決して、私はそう言った。
「本当に!?　優芽ちゃん、ありがとう！　じゃあ、さっそく準備しないと。時間ないわ！　こっち来て！」
「は、はい」
　引きずられる勢いで静香さんに手を引っぱられ、奥にあるカーテンの仕切りのほうに連れていかれる私。
「……遥斗くん、私、がんばってみるよ！　観客席で見ててね！」
　そんな私を心配そうに見つめる遥斗くんに、私は笑顔でそう声をかけた。

「し、静香さん……」
「なぁに？」
「……これ、本当に代役、私なんかで大丈夫……ですか？」
　更衣室のようなスペースで、早くも心が折れそうになっている私。
　静香さんに手わたされたドレスは、幸さんの黒いドレスとは対照的に、白のフワッとしたデザイン。
　フリルがふんだんに使われており、一見、ウェディングドレスのようだ。
「大丈夫どころじゃないわよ！　本当に優芽ちゃんがいてくれて助かったわ〜。イメージもピッタリだし！」
　パチンと、静香さんは、私に向かって軽くウインクする。
「……そうですか」
「さぁ。時間ないから急ぐわよ〜！　はい。着替えたらこっちのイスに座ってね。メイクとヘアアレンジするから」
　いささか不安を隠せそうにないけど、やると言った以上、私ができることを精いっぱいやろう。
　そう思い直し、私はドレスに袖を通した。

　そして、あっという間に準備が終わり、静香さんに舞台袖まで連れきてもらった。
「さぁ。優芽ちゃん、出番よ。自信持って！　すごくかわいいから！」
「は、はい……ありがとうございます」
　静香さんにそう言われ、私は緊張しながらも、なんとか

笑顔を浮かべた。
　その時。
「優芽ちゃん!?　……うわぁ、想像以上の出来ばえ!!　かわいい!　似合ってる」
　ミスコン出場者の自己紹介が終わり、舞台袖に戻ってきた幸さんが感嘆の声をあげる。
「……ありがとうございます」
「これならばっちりね!　……ふふ、遥斗ったら、どんな反応するかしらね」
　心底楽しそうに笑みをこぼす幸さん。
「ほら、幸も楽しんでないでスタンバイして!」
「はいはい。わかってるって、優芽ちゃん!　行こうか?」
「は、はい」
　……大丈夫。落ち着いて。
　隣には幸さんもいるし、
　舞台に出て、一緒に歩けばいいだけなんだから!
『エントリーナンバー7番、北川幸さんのパフォーマンスです!　どうぞ!!』
　司会の人の声が響く。
"行くよ?"
　隣で幸さんが、そう口パクしているのがわかった。
　私はコクリとうなずいて、ゆっくりと歩きだす。
　……まぶしいくらいのスポットライトに照らされた舞台へと。

そして、1時間後。
「……ふぅ……」
　ミスコンも無事に終わり、安心した私はヘナヘナと大学内のベンチに腰をおろしていた。
「お疲れ。ほら、喉渇いたろ？」
「遥斗くん！　ありがとう」
　お茶を手わたしてくれる優しい遥斗くんに、自然と笑みがこぼれる。
　……学園祭、もうすぐ終わっちゃうな。
　しみじみとそんなことを考えながら、私は遥斗くんからもらったお茶に口をつけた。
　ミスコンの結果はというと、幸さんは結局優勝を逃してしまい、今年も準グランプリ。
　控え室で着替えている時に、
『来年こそは、グランプリとるから！』
　と、気合いを入れていた。
　……絶対、幸さんが優勝だと思ってたんだけどな。
　やっぱり、パフォーマンスで私がなにか足を引っぱるようなことをしてしまったのだろうか……。
　正直、あまりの緊張で、ステージに立っているときのことを全然覚えていない。
　静香さんも幸さんも、『よかったよ』って、言ってくれたけど……。
「ねぇ、遥斗くん。パフォーマンス、どう……だった？　私、ちゃんとできてたかな……？」

不安を感じて、思わず遥斗くんに聞いてしまう。
「……よかったよ」
「本当に？」
　一瞬、遥斗くんが私の質問に固まったのがわかった。
　そして。
「……ハァ……」
　なぜか小さくため息をつくと、顔を伏せてしまう。
　……やっぱり、フォローしきれないくらいダメだったのかな？
「……んそく」
「え？」
　遥斗くんが小さな声でなにかをつぶやく。
「……だから、あの格好は、反則だって」
「……!?」
　パッと、勢いよく顔をあげた遥斗くんの頬は、少しだけ赤い。
「……もう、人前ではあんな感じの服装、禁止だから」
　遥斗くん……ヤキモチやいてくれてるのかな？
　衣装を着た私のこと、ちょっとでもかわいいと思ってくれたってことかな……？
「……ふふ、うん。わかった」
　思わず、そんな遥斗くんがかわいくて、笑ってしまった。
　ちょぴり不機嫌そうな様子の彼も、愛しい。
「……笑うな、バカ」
　ポツリとつぶやくようにそう言うと、遥斗くんは、もう

一度小さくため息をこぼす。
　今日1日で、今まで見たことがなかった遥斗くんをたくさん見れたようで、なんだかうれしくなる。
　……遥斗くん、大好きだよ。
　心の中でそう言うと、私は再び小さく微笑んだ。

涙の卒業式

「桜の蕾も膨らみはじめ、春の訪れを感じる、今日のよき日……」

そんなフレーズから始まる卒業生代表の答辞に、耳を傾ける。

……今日は私たちの卒業式。

この学校で過ごす、最後の日だ。

思えば、本当にいろいろあった3年間。

文化祭でがんばった人魚姫の劇。

みんなで協力したクラスマッチ。

友達と過ごした楽しい日々。

そして、本気で好きな人に出会えたこと。

……振り返ればキリがないくらい、この高校でたくさんの思い出ができた。

もちろん、楽しいことばかりってわけではない。

ツラかったり、悲しかったり……そんな思いもたくさん経験した。

でも、そんな気持ちを乗り越えることができたからこそ、今の私がある。

そんなことを思い返しているうちに答辞が終わり、続いて在校生代表の送辞が始まった。

……あ、あの子たしかバスケ部で見たことある！

よく、涼太とか遥斗くんと話してた子だ。

「……そ、卒業生のみなさん、ご卒業本当におめでとうございます」

　緊張しているのか、少しだけドモりならも一生懸命読む彼の姿に、思わず笑みがこぼれる。
「……平成27年、3月1日。在校生代表、加藤渉（かとうわたる）」

　そして、加藤くんはそこまで言うと、ホッとしたようにお辞儀をしてステージをおりていく。

　そのあとも式は、予定どおり進んで……。
「卒業生退場」

　その言葉と、会場からの割れんばかりの拍手に見送られながら、私たちは体育館を出ていった。

「あー。卒業式、緊張したねぇ。とくに、在校生代表の子が送辞を読んでるとき！　私が読んでるわけじゃないのに、こっちまで緊張しちゃったよ」
「わかるわかる。たしかあの子、バスケ部だよね？」

　教室に戻り、最後のＨＲを終えた私たちは、さっきまでの卒業式のことを話していた。

　奈々ちゃんと亜衣子ちゃんの話題は、どうやら在校生代表の加藤くんについて。
「うん。遥斗くんたちの練習見に行ってた時、よく見かけたし」

　私が亜衣子ちゃんの質問に答えると、情報通の奈々ちゃんはすかさず、
「あの子、1、2年の間ではカッコいいって人気あるらし

いよ？」
　と言った。
「へぇ。たしかにモテそうな雰囲気だったよね。バスケ部だからか背も高いし、顔もわりとイケメンだし。ま、巧のほうがカッコいいけど」
「惚気(のろけ)かい！」
　ケラケラと笑う私たちの声が、教室内に響く。
「このあと、どうする？　せっかくだし、みんなでどっか寄ってかない？　涼太とか北川くんとかも誘ってさ。もう、なかなかみんなでそろう機会ないだろうし」
「そうね。じゃあ私、１組行って巧と北川くん呼んでくるから、ふたりは涼太と溝口に声かけといて？」
「わかった。じゃあ、優芽は涼太のほうお願い」
「うん」
　奈々ちゃんの提案でそう決まり、私たちは目的の人物を探すために、足を進めようとする。
　……あれ？　涼太、教室にいないや。
　どこ行ったのかな？
　涼太の姿を探して教室内を見まわしていた、その時。
「あの、桜庭先輩いますか？」
　ふいに私の名前が呼ばれ、声のした方へ振り返る。
　そこにいたのは、先ほど私たちの話題になっていた加藤くんだった。
　……え？　私に用事？
　これまでほとんど接点がなかった加藤くんに名前を呼ば

れ、驚きを隠せない私。
　それは、隣にいた奈々ちゃんも同じだったようで、ジーッと観察するように加藤くんの姿を見つめている。
　すると。
「あれ？　加藤じゃん？」
「あ、涼太先輩、卒業おめでとうございます！」
　タイミングよく涼太が教室に戻ってきて、入り口で鉢合わせした加藤くんに声をかけた。
「誰かに用事か？」
「はい。桜庭先輩に、ちょっとお話があって」
「……優芽に？」
　さわやかに微笑む加藤くんに、涼太は不思議そうに首をかしげた。
　涼太が不思議がるのも無理はない。
　だって、私と加藤くんは、話したこともないし……。
　でも、だからといって遥斗くんや涼太の後輩でもある彼を無視するわけにはいかなくて、私はとまどいながらも、加藤くんに近づいていった。
「……あの、私になにか用……？」
「あ！　桜庭先輩！　すみませんが、少し時間ありますか？　ちょっと、話しておきたいことがあって」
「……う、うん。少しなら大丈夫だけど……」
「よかった！　じゃあ、ちょっとついてきてもらってもいいですか？　ここじゃ、話しづらいんで……」
　不安そうに視線を向ける加藤くんに、

「……うん、いいけど……」
　と、私は返事した。
　その瞬間、パッと表情が明るくなる彼。
「ありがとうございます‼　じゃあ、中庭でいいですか？」
「わかった」
　うれしそうに笑みを浮かべる彼に、私はコクリとうなずく。
　そして、ポカンとしている涼太の前を通りすぎ、加藤くんのうしろを歩いていった。

「……えっと、加藤くんだよね？　話ってなに？」
　中庭にたどりついた私と加藤くん。
　卒業式が終わって時間が経ったからか、もうほとんど人の姿が見えない。
　そんな中、急に黙りこんでしまった加藤くんに、思わず私から声をかけた。
　すると、意を決したように口を開いた彼は、
「先輩、俺……桜庭先輩のこと、ずっと……好きでした」
　と、思いがけないことを告げた。
「……え」
「もちろん、先輩が遥斗先輩と付き合ってることは知ってます……。でも、気持ちだけは伝えておきたくて。あ、返事はわかってるんで！　じゃ、あの……聞いてくれてありがとうございました」
　一方的にそれだけ言い、校舎のほうへと去っていく加藤くん。

そのうしろ姿を、私は目を見開いて見つめていた。
　……え？　今のって……告白だよね……？
　あまりにも突然の出来事に、正直、頭がついていかない私。
　加藤くんが、私のこと好き……？
　あ、でも、返事はいらないって言ってたし……。
　深く考えなくていいってこと？
　ぐるぐると、そんな考えが頭を駆けめぐった。
　……とりあえず、教室戻ろう。
　いつまでも中庭にいても、しょうがないし……。
　そう思い直し、私は自分のクラスに向かって歩きだした。

「遅くなってゴメンね！　行く所決まった？」
　教室に戻ると、亜衣子ちゃん、奈々ちゃん、溝口くん、巧くん、そして涼太の姿があった。
　……あれ？　遥斗くんは……？
　そう思って、亜衣子ちゃんに遥斗くんのことを聞こうとした時。
「優芽ー！　待ってたよ！　てか、さっきのってやっぱり告白!?」
「優芽！　奈々から聞いたよ？　あの送辞読んだ子に呼び出されたんだって？」
　テンションMAXの奈々ちゃんと、心配そうに声をかけてくれる亜衣子ちゃんの質問によって、私の言葉はさえぎられてしまった。
「う、うん……。なんか、よくわかんなかったけど……た

ぶん。でも、私が遥斗くんと付き合ってること知ってるから、返事はいいって……」
「へぇ。加藤って優芽のこと好きだったのか」
　涼太が驚いたように私に声をかける。
「……一度もしゃべったことないと思うんだけどね」
「加藤って、バスケ部の今のキャプテンだっけ?」
「あぁ。素直でいいヤツだし、後輩の面倒見もいいし、先輩からも後輩からも好かれてるよ」
「ふーん、２年にそんなヤツいたんだ」
　巧くん、涼太、溝口くんが次々と言葉を発するのを、私はただ黙って聞いていた。
　すると。
「ま、加藤くんの話はそこまでにして、そろそろ学校出ようか?　あ、優芽!　北川くん、後輩の女子につかまってて声かけられなくてさ。たぶん、もう少ししたらこっち来ると思うから」
「……う、うん。わかった」
　亜衣子ちゃんの言葉で、加藤くんの話は終わりになった。
　内心ちょっとホッとしながらも、私はみんなと一緒に教室を出た。

「ねぇ。あそこにいるの、北川くん……だよね?」
　教室を出て階段をおりている途中で、奈々ちゃんが１階の下駄箱の付近にいる遥斗くんの姿を見つける。
　でも……。

「わぁ。囲まれてるねぇ。あれ、１年？」
「……２年もちらほら交じってるね」
　遥斗くんは多数の女の子に囲まれて、なかなかその場から立ち去れないようだった。
「さすが北川。モテモテだなー」
　溝口くんが私たちのうしろから言った。
　カメラを持っている女の子たちを見ると、どうやら遥斗くんは、一緒に写真を撮ってほしいとねだられてるようだ。
「……まったく、最近の後輩はマナーがなってないわね。あんな所にたまられたら、邪魔なんだけど？」
　わざとらしく、亜衣子ちゃんが大きめの声で言うと、その声が届いたようで、一瞬遥斗くんと目が合った。
　にもかかわらず。
　……え？
　なぜか、遥斗くんはサッと視線をそらす。
「今、北川くん、優芽のほう見てたよね……？」
　奈々ちゃんも遥斗くんのそんな様子に気づいたようで、ヒソヒソと私に耳打ちをしてきた。
「……うん、私も目が合ったと思ったんだけど……」
　遥斗くん、どうしたんだろう……？
　そんなことを考えていると、バタバタと、誰かが上のほうから階段を駆けおりてくる音が聞こえてきた。
「あっ！　桜庭先輩！　よかった、まだ帰ってなかったんですね！」
「加藤くん？」

加藤くんは、肩で呼吸をしながら私に声をかける。
「……キミ、まだ優芽になにか用事？」
　亜衣子ちゃんが警戒気味にそうたずねると、
「あ、あの。記念っていうか……桜庭先輩と、１枚だけ一緒に写真を撮ってほしくて……」
　と、照れたように彼は告げた。
　見ると、加藤くんの手にはデジタルカメラが握られていて。
「……優芽、イヤなら断ってもいいんだよ？」
　亜衣子ちゃんはコッソリと耳もとでそう言葉をかけてくれたけど、
「写真くらい私は大丈夫だよ。わざわざ、探して走ってきてくれたみたいだし……。加藤くん、１枚くらいなら、一緒に撮ろうか」
　と、私は承諾した。
「本当ですか!?　ありがとうございます!!　やった！」
「おい、加藤。お前、俺が一緒に写真撮った時よりもうれしそうじゃね？」
「涼太先輩、全然そんなことないっす」
　涼太から軽く背中をたたかれながらも、うれしそうに笑う加藤くんの姿が微笑ましくて、私も自然と笑みがこぼれた。
「はーい！　じゃあ、撮るよー」
「いいよ」
　カメラマンに立候補した奈々ちゃんが、一緒に並んだ私と加藤くんに言葉をかける。

「ちょっと、溝口、邪魔」
「奈々ばっかりズリーよ。俺にも見せろよー」
「撮ってから見せてあげるから」
　ブツブツと文句をこぼす溝口くんを制する奈々ちゃん。
　そして。
「はい、チーズ……」
　そう言って、シャッターを押そうとした瞬間。
「……!?」
　ヒョイと、奈々ちゃんが手に持っていたカメラを取りあげたのは……。
「遥斗くん！」
「遥斗先輩……？」
「北川くん!?」
　不機嫌そうな表情の遥斗くんだった。
「遥斗くん、女の子たちは……？」
「もう帰った」
　そう言いながら私と加藤くんのほうにスタスタと歩みよった遥斗くんは、ニコリと笑みを浮かべて、
「ほら、加藤、カメラ。……つか、俺の許可なしで勝手にコイツと写真撮るの禁止……な？」
　と言いはなった。

【遥斗 side】
『先輩、俺……桜庭先輩のこと、ずっと……好きでした』

たまたま目撃してしまった告白現場。
しかも、告白されているのは、俺の彼女。
思わず飛び出しそうになる気持ちをどうにか抑えて、よくよく相手を観察してみると。
あれ……加藤？
優芽に告白しているのが、バスケ部の後輩の加藤渉であることに気がついた。
……加藤って、優芽のこと好きだったのか……。
誠実でいいヤツだし、バスケの腕もどんどんあがっている加藤。
アイツに告白されたら、優芽もきっとうれしいよな……。
そんな、複雑な気持ちが頭をよぎった。
だから、下駄箱付近で優芽と目が合ったとき、すぐさまそらしてしまった。
……優芽はべつに悪くないって、わかってる。
けど、イライラする気持ちを止められなくて。
つい、冷たく避けるような態度を取ってしまった。
それなのに、優芽と一緒に写真をとろうとする加藤の姿を見ていたら、耐えきれなくなって……。
気づけば、加藤のカメラを奪いとっていた。
「ほら、加藤、カメラ。……つか、俺の許可なしで勝手にコイツと写真撮るの禁止……な？」
無理やり笑いながら言ってみたものの、心の中では焦っていた。
……なにやってんだよ、俺は……。

「……なーによー、北川くん。たかが写真1枚、ケチケチしないで撮らせてやればー?」

　南に挑発するように言われ、
"イヤだ"
　と心の底から思っている自分がいることに気づく。
　うわ、本当に俺って心せまいのな。
「俺、結構ケチだから、無理」
　そう思いながらも、素直に口に出した俺。
　すると、優芽なんかは口をパクパクさせて真っ赤になるし、加藤も驚いたような視線を向けた。
　加藤には悪いけど、優芽だけは渡せねーから。
　なんだかんだで、俺が一生懸命になるのって、優芽がかかわってることだけかもな。
　そう考えると、思わず頬がゆるむ。
「あ、そうですよね。遥斗先輩、すみません。桜庭先輩も無理言ってすみませんでした」
　加藤もいろいろ察してくれたようで、ペコリと軽くお辞儀をすると、その場を立ち去ってくれた。
　……ダメだ。
　今、優芽をひとりじめしたい。
「優芽、ちょっと来て?　悪い。みんな先行っといて?」
「え、遥斗くん……?」
　俺の言葉に、不思議そうな顔をする優芽。
「了解。んじゃ、俺ら先に言ってるから、あとでな!」
「じゃ、優芽ー!　またあとでね!」

みんなは俺の気持ちを察したのか、そう言って軽く手を振り、ふたりきりにしてくれた。
　ガランと静まりかえった校舎内。
　きっともうほとんど人が残っていないんだろう。
　そんな中。
「……あの、遥斗くん……」
　とまどいがちにそう言う優芽を……。
　ギュッ。
　俺は力強く抱きしめた。

【優芽 side】
「……あの、遥斗くん……」
"どうかしたの？"
　そう言葉にしようとした時。
　ギュッ。
「……!?」
　突然抱きしめられ、私は思わず言葉をのみこんだ。
「……さっき、目が合った時、視線そらしてゴメン」
「…………」
「俺、たまたま見てたんだよ。中庭で、加藤が優芽に告白してるところ」
　……ええ!?
　まさかの衝撃的な事実に、私は目を丸くする。
　あそこに、遥斗くんがいたってこと……？

「だから、ちょっと八つ当たり……」
　……ヤキモチって……こと?
　そう思った瞬間、カッと頬が熱くなるのを感じた。
「……でも、俺、カッコ悪いよな。写真くらいで……」
「……!!　そんなことないよ。私、遥斗くんがあんな風に言ってくれて……すごくうれしかった」
　遥斗くんの言葉が、素直にうれしかった。
　そっと遥斗くんから離れ、にっこり微笑む私。
　そんな私に、
「……一緒に写真撮るか?」
　と言って、スマホを取り出した遥斗くん。
　……そういえば、遥斗くんとふたりきりの写真って、撮ったことなかったな……。
「うん!」
　元気よく答えると、私は遥斗くんの隣に並ぶ。
　そして。
　――カシャッ。
　スマホのシャッター音が、静かな校舎に響きわたった。

　春から、別々の大学に行く私たち。
　まったく不安がないといえばウソになるけど、私は遥斗くんのこと信じてる。
　遥斗くんとの出会い、別れ。
　……本当にいろんなことがあった3年間だった。
　一時期は、遥斗くんのことを信じられなくなった時も

あったし、泣いてしまったこともあった。
　けど、今なら心から思える。
　あの日、あの時……遥斗くんに出会えたこと。
　……それが私の高校生活で、いちばん幸せな出来事だったって。

＊文庫限定番外編end＊

あとがき

はじめまして。bi‐ko☆(ビーコ)です。

このたびは、『どうして私を選んだの?』を手に取ってくださり、本当にありがとうございます。

こうして皆様に本という形でお届けすることができ、私自身、とてもうれしく思っています。

さて、優芽と遥斗の恋はいかがだったでしょうか?

すれちがいながらも、かけがえのない友人に支えられ、高校生活を過ごしてきたふたり。

私としては、恋愛面はもちろんですが、優芽と亜衣子、奈々たちとの友情面にも執筆中力を入れていました。

やはり、まわりの人の支えがあるからこそ、人は強くなれるのだと思います。

実は私自身、昨年1年間、大学受験に向けて浪人(ろうにん)を経験し、あらためて多くの人に支えられていることに気づきました。

家族はもちろん、たくさんの友人たちに励まされ、受験という壁を乗り越えることができ、以前より少しだけ強くなれたような気がします。

そして、本作の恋愛面。

切ない要素多めで書かせていただいております!

優芽と遥斗の不器用なふたりに、キュンとしてくだされ
ばうれしいです。

　応援してくださった読者の皆様。皆様のおかげでここま
で来ることができました！
　あたたかい感想やレビューは、私の宝物です！
　本当にありがとうございました。

　最後になりましたが、この本の出版にあたり、お世話に
なった担当の飯塚さん、そして、スターツ出版の皆様、本
当にありがとうございました。

2015.5.25　bi‐ko☆

この物語はフィクションです。
実在の人物、団体等とは一切関係がありません。

bi-ko☆先生への
ファンレターのあて先

〒104-0031
東京都中央区京橋1-3-1
八重洲口大栄ビル7F

スターツ出版(株) 書籍編集部 気付
bi-ko☆先生

KEITAI
SHOUSETSU
BUNKO
野いちご SINCE 2009

どうして私を選んだの？
2015年5月25日　初版第1刷発行

著　者　bi・ko☆
　　　　©bi-ko 2015

発行人　松島滋

デザイン　黒門ビリー＆大江陽子（フラミンゴスタジオ）

ＤＴＰ　株式会社エストール

編　集　飯塚真未

発行所　スターツ出版株式会社
　　　　〒104-0031 東京都中央区京橋1-3-1　八重洲口大栄ビル7F
　　　　TEL 販売部03-6202-0386（ご注文等に関するお問い合わせ）
　　　　http://starts-pub.jp/

印刷所　共同印刷株式会社
Printed in Japan

乱丁・落丁などの不良品はお取替えいたします。上記販売部までお問い合わせください。
本書を無断で複写することは、著作権法により禁じられています。
定価はカバーに記載されています。

ISBN 978-4-88381-972-0　C0193

ケータイ小説文庫　2015年5月発売

『あたしはニセカノ。』acomaru・著

高校受験の日に受験票をなくしてしまった紗南は、そのピンチを救ってくれたイケメン・涼に恋をする。高校入学後、彼に想いを伝える決意をする紗南だけど、涼は超毒舌男で、みんなから"悪魔"と呼ばれていた。どうにか付き合えることになったものの、「今日からお前はニセカノ」と言われ…!?
ISBN978-4-88381-973-7
定価:本体 560 円＋税

ピンクレーベル

『甘々いじわる彼氏のヒミツ!?』なぁな・著

高2の杏は憧れの及川先輩を盗撮しようとしているところを、ひとつ年下のイケメン転校生・遥斗に見つかってしまい、さらにイチゴ柄のパンツを見られてしまう。それからというもの、遥斗にいじわるされるようになり、杏は振り回されてばかり。しかし、遥斗には杏の知らない秘密があって…？
ISBN978-4-88381-971-3
定価:本体 540 円＋税

ピンクレーベル

『サヨナラのしずく』juna・著

身寄りがなく孤独な高校生の雫は、繁華街で危ないところをシュンに助けられる。お互いの寂しさを埋めるように惹かれ合うふたり。元暴走族の総長だった彼には秘密があり、雫を守るために別れを決意。雫がとった行動とは…？　愛する人との出会いと別れ。号泣必死の切ないラブストーリー。
ISBN978-4-88381-970-6
定価:本体 540 円＋税

ブルーレーベル

『彼氏人形』西羽咲花月・著

高2の陽子は、クラスメイトから"理想的な彼氏が作れるショップ"を教えてもらう。顔、体格、性格とすべて自分好みの人形と疑似恋愛を楽しもうと、陽子は軽い気持ちで彼氏人形を購入する。だが、彼氏人形はその日から徐々に凶暴化して…。人間を恐怖のどん底に陥れる彼氏人形の正体とは!?
ISBN978-4-88381-968-3
定価:本体 550 円＋税

ブラックレーベル

ケータイ小説文庫　好評の既刊

『冷たいキミが好きって言わない理由。』天瀬ふゆ・著

李和は高校入試の日、電車で痴漢から助けて貰った男の子にひとめぼれ。入学式に再会した李和は、三ツ木に告白するが冷たくフラられてしまう。あきらめられないある日、三ツ木がデートをOKしてくれる。デートの時はすごく優しい彼に違和感を感じる李和。そんな三ツ木くんには秘密があって…。

ISBN978-4-88381-961-4
定価:本体580円+税

ピンクレーベル

『迷惑なイケメンに好かれました。』藤井みこと・著

過去の出来事から男嫌いになってしまった高2の芽依。しかし、入学した時から、高身長のイケメン・持田に付きまとわれている。持田から逃げようとする芽依だったが、持田からの愛はとどまることを知らない。さらに学年1モテる優等生の市原からも告白されて…。芽依の高校生活はどうなる！？

ISBN978-4-88381-962-1
定価:本体550円+税

ピンクレーベル

『やばい、可愛すぎ。』ちせ.・著

男性恐怖性なゆりは、母親と弟の三人暮らし。そこに学校1のモテ男、皐月が居候としてやってきた！　不器用だけど本当は優しくけなげなゆりに惹かれる皐月。一方ゆりは、苦手ながらも皐月の寂しそうな様子が気になる。ゆりと同じクラスの水瀬が、委員会を口実にゆりに近付いてきて…。

ISBN978-4-88381-960-7
定価:本体580円+税

ピンクレーベル

『地味系男子の意外な素顔』happines・著

高2の真央のクラスメイト・海斗は、前髪とメガネとマスクで素顔をひた隠す地味男。でも、ひそかにスタイルは良く、髪もサラサラでイケメンボイス。そんな海斗に興味津々の真央は、ひょんなことからその素顔を見てしまい急接近。実は俺様でドSな海斗に、真央のドキドキは高まるばかりで…!?

ISBN978-4-88381-950-8
定価:本体530円+税

ピンクレーベル

ケータイ小説文庫　好評の既刊

『黙って俺に守られてろ。』 月森みるく・著

中3の響は普通の女の子だったのに、高校受験とクラス分けテストでまさかのトラブルに見舞われ、女1人で不良だらけのクラスに入ることが決定してしまう。パニックする中、超イケメンで最強の男・朱雀に気に入られて…。響の高校生活は、いったいどうなるの!?　胸キュンだらけの学園ラブ☆

ISBN978-4-88381-953-9
定価:本体 560 円＋税

ピンクレーベル

『田中のくせに!』 ＊ゆきな＊・著

親の都合で居候することになった17歳のまどか。同居相手は、何事も平均点、普通男子のクラスメイトの田中だった！ ナンパやチャラ男から守ってくれる意外な素顔にふれ、ドキドキするまどか。女子の間でも結構モテるという噂を聞いて、急に意識しはじめて…。文庫でしか読めない番外編つき！

ISBN978-4-88381-948-5
定価:本体 580 円＋税

ピンクレーベル

『好きになんてなるワケないっ!!』 TSUKI・著

超鈍感美少女、高2の茉奈は、同じ学年の3人組、イジワル男子の悠、ハイテンションな可愛い男子の仁、大人っぽいクール男子の綾綺にいつもからかわれている。茉奈の父の友人からの依頼で悠と同居することになった茉奈。親友・加恋や悠、仁、綾綺との間で悩みながら、茉奈が結ばれた相手とは…!?

ISBN978-4-88381-936-2
定価:本体 560 円＋税

ピンクレーベル

『無愛想な彼に胸キュン中』 あのあ・著

高2の澪は強がりな女の子。ある日、些細なきっかけで同じクラスの無愛想イケメン・流と口ゲンカになった末、弱みを握られてしまう。それをダシに脅され、抵抗できない澪。しかし、流の傷ついた顔や流に見せる優しさを知るたびに、ドキドキしてきて…!?　無愛想男子の甘い素顔に胸キュン！

ISBN978-4-88381-940-9
定価:本体 540 円＋税

ピンクレーベル

ケータイ小説文庫　好評の既刊

『幼なじみと、ちょー接近中!?』リイ・著

高2の光里は、天然・童顔でドジな女の子。ある日、母親に呼び出されて家に帰ると、そこには6歳の頃引っ越してしまった幼なじみの依知が。なんと、ある理由で光里の家で一緒に暮らすというからビックリ！ 学校ではモテモテで近づけない依知との同居生活は、ハラハラドキドキが止まらない!?
ISBN978-4-88381-937-9
定価：本体570円＋税

ピンクレーベル

『イジワルなキミの隣で』miNato(ミナト)・著

高1の萌絵は2年の光流に片想い中。光流に彼女がいるとわかってもあきらめず、昼休みに先輩たちがいる屋上へ通い続けるが、光流の親友で学校No.1のイケメンの航希はそんな萌絵をバカにする。航希なんて大キライだと感じる萌絵だったが、彼の不器用な優しさやイジワルする理由を知っていって…？
ISBN978-4-88381-930-0
定価：本体570円＋税

ピンクレーベル

『イケメン御曹司とラブ甘同居』もよ。・著

母親を亡くして、天涯孤独となってしまった高校生のみのり。母の遺言を見つけ、指示通りに訪れた先には大豪邸！ そこにはイケメン御曹司の南朋（なお）が住んでいて、なんと彼と同居することに!? 強引な俺様で嫌なヤツだと思っていた南朋は、実はとっても優しくて…。ラブ甘同居の始まり♡
ISBN978-4-88381-927-0
定価：本体560円＋税

ピンクレーベル

『好きって気づけよ。』天瀬ふゆ(あませ)・著

俺様でイケメンの凪と、ほんわか天然少女の心愛は友達以上恋人未満の幼なじみ。心愛への想いを伝えようとする凪だが、天然な心愛は気づかない。そんなじれじれのふたりの間に、ある日、イケメン転校生の栗原君が現れる。心愛にキスをしたりと、積極的な栗原君にとまどう心愛に凪はどうする!?
ISBN978-4-88381-896-9
定価：本体550円＋税

ピンクレーベル

ケータイ小説文庫　2015年6月発売

『早川先輩の溺愛。』碧玉紅・著

高2の春は、恋愛にあまり興味がない。でも、無理矢理参加させられた合コンで、隣の名門男子校に通う、超イケメンだけど女たらしで有名な早川先輩と出会う。先輩は春を落とすために女たらしをやめると宣言‼ だけど、鈍感な春は先輩の気持ちに気づかなくて⁉　不器用なふたりのじれ甘LOVE♥

ISBN978-4-88381-981-2
予価:本体500円+税

ピンクレーベル

『俺様彼氏が溺愛するお嬢様』(仮) ぱる..・著

16歳の誕生日に突然、親から結婚が決まったことを告げられた侑梨。相手は学校1のモテ男・冬哉だった。強引で俺様な冬哉に、結婚なんてムリ！と思っていた侑梨だけど、親の出張中に同居することになって…⁉　一緒に過ごすうちに、冬哉の優しさに気づき…。天然お嬢様×御曹司の甘々ラブ♥

ISBN978-4-88381-982-9
予価:本体500円+税

ピンクレーベル

『ヤンキー女→清楚女 逆高校デビュー』樹香梨・著

どこからどう見てもヤンキー女・桃叶。ある日、ひとつ年上の彼氏・正也が自分とは真逆タイプの清楚女と浮気している現場を目撃し、別れを決める。そして、ヤンキーだった自分ともサヨナラ。清楚女に変身して高校入学後、クラスメイトの悠斗に出会い、新しい恋にめざめていくが…。

ISBN978-4-88381-978-2
予価:本体500円+税

ピンクレーベル

『キミの空になりたい』月森みるく・著

高校生の汐音は、同じクラスの翔平が野球部でピッチャーをしている姿を偶然見かけ、教室では見せない真剣な表情にドキドキしはじめる。甲子園を目指して練習に励む翔平は、空を見あげるのがクセ。汐音は翔平を好きになるにつれ、そこに隠された切ない理由を知って…。実話をもとにした初恋物語。

ISBN978-4-88381-983-6
予価:本体500円+税

ブルーレーベル

書店店頭にご希望の本がない場合は、
書店にてご注文いただけます。